KB144596

돈 불리기
1일차입니다

냥이 문고

돈 불리기
1일차입니다

정유진

행성B

차 례

⑴장 시동
큰일 났어, 돈이 필요해!

⑵장 서행
종잣돈 만들기의 기본은 몸값 불리기

⑶장 고속질주
돈이 돈을 벌고, 나도 돈을 벌지

돈, 쫓아가지 말고
좋아하기

나는 14년차 일러스트레이터, 5년차 주택임대사업자, 3년차 공인중개사이다. 처음 〈1일차입니다〉 집필 의뢰를 받고 내가 한 대답은 다음과 같다.

"제가요? 저 말고 돈 많이 번 사람 많잖아요!"

그런데 돌아오는 답은, 돈 많이 벌었다는 사람은 많지만 무일푼으로 시작해 월세 받는 임대사업자가 된 사람은 현실 1인으로 만나기 어렵다는 것이었다. 절약부터 부동산 매매까지 직접 돈을 불린 이야기가 궁금하다고 했다.

그런 의미라면 내가 경험한 이야기들을 쓸 수 있을 것 같았다. 비록 요즘 유행하는 주식이나 코인 같은 내용은 아닐지라도 자극과 기준이 필요한 사람들에게 내 이야기가 조금은 도움이 될지도 모른다는 생각이 들었다.

사실 돈을 불리는 방법은 모두가 다 안다. 일단 절약하고, 몸값을 높이고, 또 절약하면서 종잣돈이 만들어질 때까지 꾹 참고 견디는 것. 종잣돈이 만들어지면 그것으로 주식이나 부동산, 코인 등의 재테크를 해야 한다는 것. 다 알고 있다. 중요한 것은 아는 것을 넘어 지속적으로 실행할 수 있느냐이다. 바로 '의지'가 나의 경제생활을 좌우한다는 말인데 독자 여러분의 의지에 내 이야기가 조금이라도 도움이 된다면 참 좋겠다.

　이 책에는 보편적으로 알려진 재테크 상식은 많이 담지 않았다. 보통 재테크 책을 보면 통장 쪼개기, 생필품 아껴 쓰기, 가계부 잘 쓰기 같은 내용이 필수처럼 들어있다. 하지만 이 책에는 그것보다 내가 지켰던 원칙들을 위주로 담았고 프리랜서이자 공인중개사인 내가 할 수 있는 이야기들을 우선했다. 그 원칙에서 가장 중요한 것은 바로 '좋아하기'이다.

　돈은 무조건 쫓아가면 약을 올리며 달아나는 습성이 있다. 하지만 은근히 다가가 좋아하면 자신과 친해지는 방법을 알려준다. 돈을 좋아하는 방법은 바로 알아가는 것. 사랑하는 사람의 취향을 알아가듯 돈의 습성과 흐름도 알아가야 한다.

재테크는 사람을 탄다. 어떤 사람은 부동산이, 어떤 사람은 주식이, 어떤 사람은 정기적금이나 금테크가 체질이다. 그래서 나와 어떤 방식이 맞는지 알아야 하고, 내가 택한 재테크의 자금이 어떤 식으로 흐르는지도 알아야 한다. 그렇게 하나하나 공부하다가 용기 있게 실전으로 도전해보면 이게 나와 맞는지 더 정확하게 알 수 있다. 때론 실패할 때도 있고 그렇게 까먹은 돈이 아까워 쓰린 속을 달래야 하는 경우도 생길 것이다. 하지만 비싼 수업료를 내고 얻게 된 경험은 어떤 식으로든 또 다른 자산이 된다. 결국은 버려지는 것보다 남는 것이 더 많다.

나는 돈을 알아가고 더 확실히 좋아하기 위해 공인중개사 자격을 땄다. 매일 집에 박혀 그림만 그리던 내가 돈과 법률을 공부하는 게 쉽진 않았다. 하지만 어렵게 딴 자격증은 내게 든든한 무기가 되어주었고 앞으로 살아가는 데 많은 도움이 될 것이다. 내가 공인중개사 자격을 딴 것은 부동산 공부가 다행히도 나와 잘 맞았기 때문이다. 독자 여러분도 부디 재밌고 성향에도 맞는 재테크 방식을 꼭 찾길 바란다.

돈을 알아가는 방법 외에도 각종 절약과 '나 지키기' 전략, 내게 자극이 되었던 여러 사건과 생활습관, 부동산 투자와 전·월세 주의점 등을 차곡차곡 담으려 애썼다. 하지만 내가 부를 어마어마하게 쌓은 재테크 전문가가 아니기 때문에 부족한 부분도 많을 것이다.

혹자는 지금의 집값이 너무 높아서, 치솟는 물가를 수입이 도통 따라가지 못해서 내 집 마련이나 재테크를 외면하기도 한다. 사실 오로지 월급만으로, 절약만으로 집을 마련하고 노후를 준비하기가 어려운 시절이 되었다. 하지만 내 수입이 물가를 쫓아가지 못하더라도 저축과 재테크의 끈은 쥐고 있길 바란다. 노동으로 종잣돈을 마련하기까지 몇 년의 시간이 걸리기도 하지만 먼지 같은 돈을 차곡차곡 모으면 조그만 덩어리가 되고, 그 덩어리가 당장 번듯한 아파트는 아니더라도 재테크의 바탕이 되어주기 때문이다. 이 먼지 뭉치를 외면하고 무시한다면, 돈은 절대 자신의 옆자리를 내어주지 않는다.

내가 느낀 돈의 기능은 하고 싶은 일을 좀 더 편안하게 하도록 해주고, 하기 싫은 일은 당당히 거절하도록 돕는 도구였다. 즉 여유와 자유를 추구하도록 하는 카드였다. 모쪼록 여유와 자유를 꿈꾸는 독자에게 이 책에 담긴 이야기가 미약하나마 도움이 되길 바란다.

2021년 여름, 정유진

1장

시동

큰일 났어, 돈이 필요해!

100만 원으로 구했다.
집 아니고 그냥 '방'을

책임질 거야. 나도 저 고양이들도

그때 내 통장에는 30만 원이 있었다.

천안에서 대학교 졸업을 앞두고 돌아온 서울, 원래 계획은 부모님 집에 쏙 들어가는 거였는데 나는 어쩌다 맞이한 고양이 두 마리와 함께 거리를 헤매는 신세였다.

"고양이를 다른 곳에 보내든지, 네가 나가 살든지 둘 중에 하나 선택해."

고양이는 절대 집에 들일 수 없다는, 야속하기 짝이 없는 부모님 말씀에 나는 자취를 결정했다. 길에서 데려온 고양이들을 다시 거리로 내몰 순 없었다. 어엿하게 나의 가족이 되었으니 죽이 되든 밥이 되든 책임져야 한다고 생각했다. 하지만 야심 찬 다짐과 달리 통장 잔고는 고작 30만 원……! 이 돈을 가지고 '서울'에서 집을 구해야 했다. 아르바이트로 생활비는 그럭저럭 해결한다 쳐도 문제는 보증금이었다.

아니 서울의 집값은 왜 이리 비싸단 말인가? 보증금이 최소 1천만 원은 되어야 부동산 사무소에 말이라도 붙이거나, 직거래 카페에서 볼 만한 방이 있었다. 무보증금인 곳을 찾아보려 해도 쉽지 않았다. 아직 만기가 남은 천안 자취방에 머물며 어떻게든 보증금을 마련하기 위해 머리를 쥐어뜯었다. 어디든 사방에 벽이 둘러진 곳에 발을 들일 수만 있다면 그다음은 헤쳐나갈 수 있을 것 같았다.

내 전공은 시각디자인이다. 2000년대 초반 당시, 디자인 전공자를 찾는 아르바이트 자리가 꽤 있었다. 4대 보험이 되는 멀쩡한 일자리도 찾아보면 쉽게 보였다. (대기업은 아니지만 말이다.) 그래서 집만 마련된다면 아무 일이라도 해서 살아갈 수 있을 것 같았다. 하지만 30만 원의 현실 앞에서 번번이 빠져나가지 못하고 있던 그때, 나에게 고양이들을 보내준 언니가 100만 원을 빌려주겠다고 연락을 해왔다.

아마 언니는 내 형편이 안됐기도 하고 자신 때문에 이런 상황이 되었다고 생각해 약간의 미안함도 느꼈으리라. 고양이들을 들인 건 내 선택이었기에 전혀 언니를 원망하는 마음은 없었다. 그저 이제 집을 구할 수 있겠구나, 안도하며 돈을 빌렸을 뿐이다.

그렇게 빌린 돈으로 찾은 곳이 보증금 100만 원에 월세는 15만 원짜리 '방'이었다. 집이라고 하기도 어려운 그런 방.

서울 은평구 불광동의 한 창고 같은 방을 교차로신문(요즘에도 나오나 모르겠다. 아무튼 지역 소식지)에서 가까스로 발견했다. 당시 불광동이나 홍제동 쪽에 보증금 100만 원에 월세 20만 원, 또는 보증금 150만 원에 월세 15만 원 정도의 방이 서너 개 나와 있었다. 그런데 막상 가보면 20대 여성이 살기엔 부적절했다. 쪽방촌을 연상케 하는 작은 상자 같은 방이 마당을 가운데 두고 다닥다닥 붙어 있었고 화장실은 공동으로 써야 했다. 그 방들엔 홀로된 할아버지들이나 허름한 차림으로 어두운 표정을 한 아저씨들이 살고 있었다.

'저 아저씨들이랑 화장실을 같이 써야 해. 씻는 건 어

떻게 하지?'

앞이 캄캄했다.

그러다 운 좋게 단독주택에 딸린 창고 방을 찾았는데 정확히 말하면 방이라고 볼 수는 없고 마당에 살짝 나온 부엌에 벽을 친 작은 공간이었다. 그 위에 슬레이트로 만든 지붕이 있었고, 거미줄로 장식된 낮은 화장실이 마당 끝에 있었다. 그래도 화장실은 수세식이었고 혼자 쓸 수 있었다. 샤워는 부엌에서 해야 했다. 따로 욕실이 없어 싱크대 수도꼭지에 샤워기를 연결해서 씻어야 했다.

하지만 단독으로 화장실이 있고 다른 세입자가 없다는 것이 큰 장점이었기에 보증금 100만 원에 월세 15만 원으로 자취를 시작했다. 고양이 두 마리와 함께.

집이 이상하면 돈이 더 들지

집에 집착하게 된 건 아마도 이때부터인 것 같다. 좁디좁은 그곳은 너무나 춥고 숨 막히게 더웠다. 방 안에서 양팔을 활짝 펴지 못했고, 늘 오들오들 떨며 씻어야 했다. 편안해야 할 집이 고생의 최전선이 되었다. 자연스럽게 내게 필요한 집과 환경에 대한 고민이 생겨났다.

한편 자취생활의 노하우도 이때 많이 피어났다. 부엌에서 샤워를 해야 하니, 겨울이면 이런 고역이 따로 없었다. 옷을 하나하나 벗을 때마다 소리를 지를 정도로 추웠고, 이놈의 온수는 주인집과 동시에 사용할 때면 중간중간 찬물이 나오기 일쑤였다. 한겨울에도 절반은 찬물로 씻어야 했기 때문에 주변의 목욕탕 비용과 싸구려 피트니스 센터의 가격을 비교해보았다. 결국 그곳에서 사는 동안 샤워는 센터에서 해결하는 것으로 했다. 처음에는 '운동도 할 겸 겸사겸사 씻지, 뭐' 하는 생각이었지만, 피트니스 센터는 내게 목욕탕이나 마찬가지였다.

부엌이자
욕실이다!

사는 집이 부실하면 이상하게 부가비용이 붙는다. 주방이 없어서 밥은 늘 사 먹어야 한다거나, 샤워 시설이 없어서 공중목욕탕을 이용해야 한다거나, 세탁물을 건조할 공간이 없어서 빨래방을 이용해야 한다거나……. 어떤 때는 이런 비용이 한 달 월세를 훌쩍 넘기기도 한다. 그래서 가난을 벗어나기가 더욱 어려워지기도 하고 말이다.

'가난에는 이자가 붙는다'는 말이 있다. 미국의 가수 테이 존데이(Tay Zonday)의 트윗에서 나온 말인데 치약, 칫솔을 살 돈이 없다면 내년에는 임플란트 비용을 청구받을 것이고 새 매트리스를 살 돈이 없다면 내년에 척추 수술을 받을 것이며, 건강 검진을 받지 못하면 내년에 3기 암 치료비를 내게 된다는 말이다. 지금 가난하다면 건강을 돌보지 못함은 물론 부수적인 비용이 들며 부자보다 더 비싼 임대료를 내며 살기도 한다. 가난은 그래서 벗어나기 힘들다. 벗어나려면 꽤나 전략적인 계획이 필요하기도 하고 말이다.

어서 빨리 돈을 모아야 한다는 압박이 몰려왔다. 최대한 외출을 자제하고, 친구들과의 연락도 거의 끊었다. 명절 때도 초라한 생활이 부모님께 알려지면 잔소리를 들을까 봐 본가도 가지 않았는데, 연휴 때마다 집구석에 붙어 있는 어린 처녀를 집주인이 가엾게 생각했었나 보다. 한번은 주인집 할머니가 쟁반에 떡국과 나물 반찬을 들고 "설날에 어디 갈 데가 없나 보네" 하며 내 방 문을 두드리시기도 했다.

한동안 연락이 없으니 급기야 친언니가 동네로 찾아왔다. 애써 밝은 표정으로 언니를 집으로 안내하는데, 언니의 걸음걸음은 낯설고 조심스러웠다. 내 방 크기는 가로 140cm에 세로 160cm이었는데 여기에 책상 하나를 두었더니, 내 작은 몸도 반듯이 뉘어야만 잠을 청할 수 있었다. 이곳에 두 여자가 이불을 끌어안고 바닥에 앉았으니 얼마나 비좁았겠는가. 바람이 불 때마다 흔들리는 창문과, 무엇이든 얼려버릴 것 같은 차가운 벽. 눈을 동그랗게 뜨고 미간을 찌푸리며 방을 둘러보던 언니는 한심하다는 듯이 나를 쳐다봤고, 그리 길지 않은 시간을 얘기하다가 자리에서 일어났다.

그날 저녁 모처럼 엄마에게서 전화가 왔다. 언니가 본가에 가서 엄마를 보며 울었다고, 나에게 보증금 500만원이라도 주라며 애원했다고 했다. 엄마는 도대체 어떤집에 살기에 언니가 울고 오냐면서 오히려 나를 나무랐고, 돈이 필요하면 얼마간 해줄 테니 이사를 하라고 했다. 그런데 내 자존심이 허락하지 않았다. 알아서 살아가겠다고 단단히 선언하고 나왔는데, 인제 와서 돈을 구걸하고 싶지 않았다. 태연한 척 살만한 집이라고 설명하며 상황을 무마했다.

나는 그 방에서 1년을 살았고, 빌린 돈 100만 원을 갚았으며, 추가로 200만 원을 모아 보증금 300만 원에 월세 30만 원짜리의 두 번째 월세방으로 이사했다.

하고 싶은 일을 잘하게 되면
돈도 따라오리라 믿었어

행복하고 싶어서 퇴사합니다

왜인지는 모르겠지만 대학을 졸업하고 취업을 준비할 때까지도 나는 돈이 인생에서 그리 중요하지 않다고 생각했다. 하고 싶은 일을 하는 걸 제일 소중하게 여겼다. 또 내가 원하는 일을 하다 보면 행복하게 살 수 있을 것이라 믿었다.

행복하게 산다는 것 = 하고 싶은 일을 한다는 것

하고 싶은 일을 잘하게 된다면 → 돈은 저절로 따라올 것이다!

이 논리를 어린 마음에 철석같이 믿었다. 믿었기에 열심히 일할 수 있었다. 지금 생각해보면 이렇게 믿었던 내가 귀엽기도, 장하기도 하다.

내가 그저 돈을 많이 벌고 싶어 하는 사람이었다면 그림을 그리지 않았을 것이다. 모든 것이 불확실한 프리랜서로 살지도 않았을 것이다. 아마 남들처럼 직장에 다니며 착실하게 돈을 모으지 않았을까? 그리고 이른 나이부터 재테크를 하지 않았을까? 하지만 직장생활은 나에게 행복을 가져다주지 못했기에 모험을 택했다. 프리랜서로 산 것에 후회는 없지만 그 선택이 돈을 모을 시기를 다소 늦춰버린 면은 있다. 하지만 지금이라도 깨달았으니 얼마나 다행인가!

보증금 100만 원짜리 방에서 직장에 다녔다. 다달이 들어오는 월급은 매우 달콤했지만 한편으론 씁쓸했다. 일정한 금액이 정해진 날에 들어온다는 안정감은 있지만 교통비와 점심값, 금방 헤지는 스타킹값을 감당해야 했다. 회사에 다니면서 드는 돈이 만만치 않았다. 또 매달 월세를 내고, 빌린 보증금을 갚고, 반찬거리를 사고, 여름이면 전기세를 겨울이면 가스비를 걱정하는 등 자취에 들어가는 비용도 꽤 컸다.

당시 월급 실수령액은 120만 원 정도였다. 여기에서 최소한의 생활비를 제하고 나면 남는 돈은 많지 않았다. 게다가 가장 중요한 것은 정기적으로 들어오는 월급에도 불구하고, 매일 반복되는 일상이 권태로웠다는 것이다. 또 그 상황에서 그려본 미래가 전혀 행복하지 않았다. 경제적으로도 정서적으로도 만족스럽지 않은 삶이라니. 암담하게 느껴졌다.

통장도 프리한 프리랜서의 삶

그림 일을 열심히 한다면 돈은 알아서 따라올 거야!
회사를 관두고 프리랜서로 일하자.
하고 싶은 일을 마음껏 해보고 싶어.

근본 없는 자신감으로 철없는 결정을 했다. 경력도 쥐뿔 없는 20대 청년이 프리랜서로 일한다는 것은 참으로 (망할) 위험이 높은 것이다. 당시 내가 할 수 있는 일은 무조건 '열심히' 일한다 말고는 없었다. 젊음과 체력, 열정 말고는 자본도 인맥도 경력도 아무것도 없었으니까.

월세를 전전하며 그림 그리는 일러스트레이터로 살게 되었다. 책과 광고에 들어가는 그림, 기업 화보에 들어가는 그림 등을 그렸고 크기와 등장인물에 따라 화료를 받았다.

하얀 셔츠를 멋지게 입고 김이 모락모락 나는 커피를 책상에 두고 그림을 그린다. 예쁜 고양이가 옆에서 하품을 하고 나는 빙긋 웃으며 가끔 고양이를 쓰다듬는다. 전화가 오고 "이달에는 일이 많아서 못하겠는데요" 정중하게 거절하며 낮잠도 즐긴다……. 이런 프리랜서의 모습은 드라마에만 나오는 장면이다.

프리랜서의 삶은, 생활비를 마음껏 줄일 수 있다는 장점이 있지만 동시에 언제 돈이 들어올지 모르는 위험을 함께 끌어안는 것이었다. 일이 없어도 석 달 정도는 너끈히 버틸 여유자금이 있어야 하고 만약 여유 생활비가 없으면 매일매일 살얼음을 걷듯이 사는 것이었다.

하루하루가 여유롭고 아늑하고 편안하기를 바랐지만 현실은 그렇지 못했다. 불규칙한 수입과 불규칙한 입금일 때문이었다. 일이 들어오는 것도 들쑥날쑥이었고 입금일도 들쑥날쑥이었다. 월세를 비롯한 모든 지출을 고려해 최저생계비를 정해놓고 생활했지만, 혹시라도 응

급지출이 생기는 달이면 밀려드는 걱정에 머리가 무거웠다. 어느 밤에는 대금을 받기로 약속한 날이 월세 내는 날의 이틀 후여서, 이번 달 월세는 어떻게 마련할지 고민하느라 눈물로 베갯잇을 적시기도 했다.

게다가 책임지고 있는 고양이 두 마리가 아프기라도 하면 병원비가 부담스러워 '병원에 꼭 가야 하나……' 하는 몹쓸 생각마저 들었다. 내가 조금 춥고 배고프게 사는 것은 괜찮았다. 하지만 말 못 하는 고양이들을 제때 병원에도 데려가지 못할 수 있겠다는 생각이 들자, 현실적인 책임과 의무가 강하게 다가왔다. '아, 통장에 여윳돈이 있다면 이렇게 쪼들리면서 살지는 않을 텐데! 돈이란 게 이리 힘이 센 거였구나!' 이 책임감이 나를 더 단단하게 만

들어주었다. 그리고 결심했다. 돈을 모으기로.

돈을 벌어야겠다!

언제 다가올지 모를 위기에 대처하려면 돈이 필요해!

종잣돈 만들기의 기본은 몸값 불리기

몸값 불리기1,
시간 관리가 몸값 관리의 시작

신용과 실력이 곧 돈이었기에

가장 기본적으로 돈을 불리는 것에는 두 가지가 있다.
절약하기, 수입 늘리기.

그런데 절약에는 한계가 있다. 아무리 아끼더라도 밥
은 두끼!는 먹어야 하며 버스도 타야 한다. 사계절이 있
는 나라에 살면서 철마다 옷도 갖춰야 하고 여름에는 에
어컨(최소한 선풍기), 겨울에는 보일러를 틀어야 한다. 또
아낄 게 있어야 아끼지……. 적은 수입 안에서는 더는 아
낄 게 없는 상태도 종종 맞이한다. 그렇다면 '수입'을 늘
리는 게 첫 번째가 되어야 하지 않을까? 늘어난 수입과

절약이 동시에 이루어져야 뭐라도 고일 틈이 생기지 않을까?

한창 그림 일에 목말랐을 때, 그림 일을 더 잘 많이 하고 싶었을 때, 나는 스스로를 감시했다. 실력을 높이고 신용을 쌓는 게 필요했기 때문이다.

"저 사람은 참 일 잘해. 저 사람은 마감을 꼭 지켜."

"까다로운 일인데도 잘해줘서 고마웠어. 다음에도 일 있으면 같이 해야지."

내게는 이런 '평판'이 필요했다.

예술이고 나발이고 상업미술을 하는 나는 밥을 벌기 위해 그림을 그려야 했다. 그림 보수가 없으면 쌀과 계란을 살 수도, 월세와 전기세를 낼 수도 없다. 그렇다면 그림을 많이 또 잘, 마감일을 어기지 않고 그려야 했다. 나와 일했던 사람들이 나를 다시 찾고, 또 다른 이에게 소개하도록 신용과 실력을 쌓아야 했다. 그것이 내가 프리랜서로 살 길이었다.

우선 집 자체를 직장으로 생각했다. 팀장님도, 차장님도, 부장님도 없지만 보이지 않는 CCTV가 있다고 생각하고 내 방을 사무실로 삼았다.

프리랜서지만 직장인처럼 일하기

아침 9시에는 기필코 책상에 앉았다. 그 전날 몇 시에 잠이 들었건 9시 전에 출근해서 사원증을 찍어야 하는 직장인처럼. 아침 9시가 되면 비몽사몽이더라도 책상 앞에 앉아 컴퓨터를 켰다. 무엇을 그릴지 고민하는 시간이 길어질까 봐 일단 닥치는 대로 보이는 것을 그려댔다. 스케치는 점심 먹기 전에 끝냈다. 그 시간이 오후 1시가 되기도, 2시가 되기도 했다. 스케치가 끝나야 점심 먹을 자격이 생긴다고 생각했다(그래봤자 그때는 가난했으니, 밥에 간장과 계란을 넣은 것이 주 점심 메뉴였다).

식사를 마치고 나면 맹렬히 채색을 했다. 한참을 책상에 코를 박고 작업하다 고개를 들면, 어느덧 밖은 어둑어둑했다. 한 장의 그림을 어느 정도 끝내고 나면 마무리 단계로 수정을 한다. 색깔이나 구도를 바꿔보기도 하고, 애써 그린 개체를 버리거나, 일부러 장식을 추가하기도 했다. 그러다 보면 늦은 밤이 된다. 씻고 정리하면 자정 즈음. 그렇게 하루에 한 장을 완성하는 트레이닝을 했다.

캘린더를 만들어 하루에 몇 시간이나 그렸는지 기록하기도 했다. 하루에 8시간 이상 작업하는지 확인하기 위해

서였다. 한 장 한 장 그릴 때마다 이 그림이 어느 정도의 가치가 있는지 타인의 눈으로 가늠해보려고도 했다. 어느 정도 손이 빨라지고 나서는 나만의 화풍을 만들고 효율적으로 작업할 방법을 연구했다. 수학적으로 측정하는 것이 아니라, 내 생활패턴 안에서 돈을 벌 수 있는 '활동의 틀'을 잡는다고나 할까?

그런 생활을 시작한 지 몇 달이 채 되지 않아 그림 의뢰가 물밀듯이 들어오기 시작했다. 기뻤다. 깜짝 놀랄 만큼 좋은 의뢰가 들어오기도 했고, 일은 또 다른 일을 물고 왔다. 늘 마감이 잡힌 채 작업하다 보니 3백만 원, 5백만 원씩 넣은 통장이 작은 서랍을 가득 채웠다. 열심히 가열차게 일했다. 그렇게 나는 몸값을 늘려갔고 조금씩 내 종잣돈도 커지고 있었다.

부지런함과 꾸준함을 믿어

한번은 비슷한 일을 하는 일러스트레이터 후배에게 이런 질문을 받았다. 자신은 일이 많이 들어오지 않는데, 왜 선배는 일이 끊이지 않느냐고. 나조차도 의아한 질문이라 잠시 멈칫했지만 후배가 들려주는 일과를 들여다보니 답을 찾을 수 있었다.

프리랜서는 주로 집에서 근무하기 때문에 하루가 매우 루즈할 수 있다.

후배의 하루는 다음과 같다. 오전 9시에서 10시 사이에 비비적거리며 일어나 씻고, 요기를 한 뒤 책상에 앉으면 12시. 그때부터 컴퓨터를 켜고 방향성 없는 웹서핑을 2시간 정도 한다. 그러다 '그래! 이제 정말 그림을 그려봐야지' 하며 연필을 쥐면 오후 4시다. 중간중간 카카오톡 메시지에 답장을 보내고, 가족과 간단한 통화도 한다. 출출해서 간식까지 만들어 먹고 나면 해가 진 저녁 시간이다.

자, 그럼 이제부터 예술혼을 불태워볼까? 하며 그리다 만 스케치를 허겁지겁 마무리하고 채색 작업을 준비한다. 그런데 그때쯤이면 드라마가 시작하고, 구독하는 유튜브 채널의 알람도 떠 있다. 저녁밥 먹고 30분만 영상 봐야지 했었는데 어느새 밤 10시. 그제야 다급해진다. 오늘 온종일 뭘 한 거지? 영 찜찜한 기분으로 색칠을 시작하는데 무슨 색을 넣을까, 모니터 색감이 별론데? 하다가 자정을 넘기고, 결국 컬러 작업은 완성하지도 못하고 새

벽 2시가 된다. 하던 일을 정리하고 침대에 들어가 잠드는 시간은 새벽 3~4시. 다음 날도 어김없이 비슷한 하루가 반복되고, 그러다 보면 정오 전에 기상하면 다행이라는 이상한 마음까지 생긴다. 이런 방식으로 사는 프리랜서가 나에게 묻는 것이다. 나는 일이 많이 들어오지 않는데, 왜 너는 일이 자꾸 들어오는 거냐고.

그런데 프리랜서는 이런 식으로 일하면, 마감을 지킬 수도 일을 많이 할 수도 없다. 그리고 그런 프리랜서를 회사는 파트너로 고용하지 않는다. 프리랜서는 상사가 바로 나 자신이라는 마음가짐으로 스스로를 감시하고 채찍질해야 한다.

나는 지금도 믿고 있다. 부지런함과 꾸준함이 밥을 가져다준다고, 프리랜서는 직장인보다 더 쫀쫀한 자기관리로 살아가야 한다고 말이다.

나에게 일을 주는 클라이언트는 직장인인데 나는 왜 그들보다 적게 일하면서 돈은 똑같이, 혹은 더 많이 벌고 싶어 하는 걸까? 보통 직장인은 하루에 8시간 정도를 노동하고 보수를 받는데 프리랜서는 정말 8시간을 정직하게 일하는 것일까? 남들보다 적게 일하고 느슨하게 생활하면서 거기다가 일도 그냥저냥 해내는데 같은 보수를 받기 원한다면 그건 도둑놈 심보가 아닐까?

프리랜서로 돈을 벌면서 가장 크게 깨달은 것은, 스스로 직장인처럼 일하고 있는지를 객관적으로 살펴보아야 한다는 점이었다.

직장인의 시간 관리

그렇다면 여기서 질문이 생겨날 수 있다. 프리랜서가 아닌 직장인의 시간 관리는 어떻게 해야 하는 거냐고. 나는 그것에도 같은 답을 하겠다. 매달 월급을 받는 직장인은 월급만큼의 돈값을 반드시 해야 하며 돈값의 기본은 근무시간에 성실히 일하는 것이라고 말이다. 또 몸값을 올리고 싶다면 퇴근 후 자기계발이 필요할 것이다.

많은 이가 열심히 일했더니 돌아오는 건 더 많은 일이라고 하소연한다. 물론 빠르고 야무지게 일을 처리하는 사람에게 더 많은 일이 돌아가는 경우도 있을 것이고 그게 억울할 수도 있다. 하지만 그것을 꼭 나쁘게만 볼 건 아니라고 생각한다. 어차피 일이라는 건 월급만 바라보고 하는 것이 아니다. 경험, 경력, 인간관계, 신용, 자아 성취 등 무형의 자산을 보고도 일한다. 지금 당장 일이 몰려서 힘이 든다면 이 상황을 신용과 경력을 쌓는 방향으로 이끌어야 한다. 물론 쉽진 않다. 하지만 불가능한 일도 아니다.

계약된 시간에는 최선을 다해 일하는 것, 내가 맡은 일을 할 수 있는 데까지 깨끗하게 하는 것은 중요하다. 물론 엄청 일을 잘해 여기저기서 스카우트 제의가 들어오고 골라서 이직도 하는 능력자라면 예외가 될 수도 있겠지만, 평범한 사람들은 대부분 평범한 능력을 최선을 다해 써야 하는 처지이다. 나의 업무 능력은 정말 노멀 그 자체인데 슬쩍슬쩍 인터넷 서핑하고, SNS 들여다보고, 귀찮은 일은 후배나 동료에게 미루고, 책임은 피하려 한다면 당장의 월급 루팡은 될 수 있겠지만 몇 년 후의 경력은 제자리걸음이 아닐까? 직장인이 몸값을 높이는 방법은 승진이나 이직일 텐데, 그 중요한 관문에서 유리한 고지를 차지하려면 여기도 똑같다. 꾸준함과 성실.

몸값 불리기2.
나만의 시그니처가 필요해

자기계발, 몸값의 가성비

한 사람의 몸값은 어떤 기준으로 매겨지는 것이며, 어떻게 높일 수 있을까? 내가 생각할 때 그것은 가성비였다. 자기계발로 능력치를 한껏 올리면 똑같은 시간을 일하더라도 버는 수입이 달라졌다. 이것 때문에 많은 청춘이 스펙 쌓기에 열을 올리겠지, 싶다.

일러스트레이터는 주로 인쇄물에 들어가는 삽화를 그리고 보수를 받는다. 이때 삽화는 교재에 들어가는 작은 컷일 때도 있고, 단행본의 번듯한 표지일 때도 있다. 그림의 난이도나 표현력에 따라 화료는 0 하나가 차이 나기도 한다. 내게 주어진 시간은 남들과 똑같은 하루 24시간, 그림 작업도 이 안에서 해결해야 한다. 하루에 10시간을 작업한다고 했을 때 도대체 어떤 그림을 그려야 보수가 나아질지 곰곰이, 꽤 오랫동안 생각해보았다.

작은 사이즈 그림을 빠르게 많이 그리는 게 좋을까?

아니면 단 한 장이라도 가치를 높여서 보수를 올리는 것이 좋을까?

당연히 후자였다. 나만의 화풍을 만드는 쪽으로 방향을 잡아야 했다. 또 내 그림 자체가 광고로 기능해야 했다. 책에 들어가도, 사보에 들어가도, 작은 소식지에 들어가도 '일러스트레이터 정유진'이 떠올라야 했고, 나를 찾아오게끔 만들어야 했다. 그것은 브랜딩이었다.

하루는 책에 들어갈 그림을 한 장 그려놓고 멀찌감치 서서 바라보았다. 클라이언트의 입장이 되어 다시 살펴본 것이다.

화료는 30만 원이었다.

이 그림이 과연 30만 원의 값어치를 하는가?

내가 클라이언트라면 이 그림에 기분 좋게 30만 원을 줄 수 있는가?

3초도 안 되어 빨갛게 달아오른 얼굴로 의자에 앉아 스케치부터 다시 했다. 단 한 장을 그려도 클라이언트가 만족할 그림을 그려야지! 마음을 다잡고 정성껏 그렸다. 내 경력의 큰 위기이자 깨달음이 아니었나 싶다.

나만의 시그니처, 화풍을 만들어나가기 위한 노력도 꾸준히 했다. 내가 시도한 여러 가지가 있는데 클라이언트가 바로 알아보는 것은 바로 '질감', 즉 텍스쳐였다. 컴퓨터로 그리는 그림이지만, 손으로 그린 느낌이 나도록 독특한 질감을 만들어 사용했는데 그 텍스쳐 덕분에 많은 의뢰가 들어왔다.

커리어를 잘 만들기 위해 이것저것 다양한 시도를 해

보기도 했다. 미술 심리치료과정을 밟아보기도 하고, 캘리그래피도 배워보고, 매달 누드크로키 수업도 들었다. 매년 한 가지씩 자기계발을 위해 돈과 시간을 투자했다. 내 그림이 조금이라도 나아지길 바라면서 이것저것 도전한 것이다. 그리고 이런 수련을 통해서 (엄청나게 퀄리티가 높아진 것은 아니지만) 상업미술의 균형을 알게 되었다고 할까. 어느 순간부터 작업 시간은 축소되고, 그림은 어렵지 않게 완성되었다. 작업이 한결 수월해진 것이다.

나는 프리랜서이기에 몸값을 올리기 위한 작업이 모호하고 범위도 넓었다. 피드백을 줄 상사나 동료 없이 혼자서 부딪혀봐야 했기 때문이다. 하지만 직장인이라면 조금 경우의 수를 좁힐 수 있지 않을까 싶다.

직장인의 몸값은 모험+자기계발

직장인은 어떻게 몸값을 올릴 수 있을까?

가까운 지인의 경우, 자격증과 학력을 활용해 과감하게 이직을 했다. 그는 바로 오래 사귄 나의 남자 사람 친구인데, 그도 대학을 졸업하고 평범하게 회사에 다녔다. 그러다 몇 년이 흘렀을까. 초반에는 만족스러웠던 연봉이, 매년 치솟는 주거비와 생활비를 따라 오르지 않는다는 사실을 깨달았다. 그래서 그는 대학원에 진학하기로 결심했다.

2년이라는 시간과 학비를 투자하고 퇴근 후 공부라는 지옥 같고 메마른 생활을 인내하며 버텼다. 대학원 타이틀과 함께 소소한 티칭 자격증도 하나 따 놓았다. 그 후 불안한 마음 반, 도전해보자는 마음 반으로 여러 번의 이직을 했다. 세 번 정도 직장을 옮기고 난 후, 이 친구는 지금 무척 만족스러운 삶을 살고 있고, 여전히 꾸준하게 자기계발을 하고 있다.

이와 비슷하면서 다른 경우는 기존 회사 내에서 연봉을 올리는 것이다. 여성의 경우는 임신과 출산 때문에 쉽지 않긴 하다. 그렇지만 출산 전까지 회사 내부에서 경력을 쌓거나 연수 등을 통해 연봉을 올리는 경우를 많이 보았다. 또 이렇게 경력을 위해 노력했던 사람은 경력단절이 되어도 훗날 다른 도전에 두려움 없이 다가선다. 노력의 방향을 알고 맷집도 생겼기 때문이다.

기혼 여성 한분은 지방 경력이 승진에 도움이 된다고 하여 과감히 지방으로 내려가 몇 년간 두 집 살림을 하기도 했다. 그리고 차장으로 승진했다. 가족과 떨어져 지내는 것은 어려운 일이다. 자녀가 어리다면 더욱 그렇다. 그런데 개인적인 희생을 감내하고 안정적인 커리어와 연봉을 보상받는다면 괜찮은 선택이라고 본다.

이 두 가지 모두, 공통점이 있다. 바로 '모험'과 '자기계발'이라는 것. 대학원에 진학하고, 이직을 하고, 지방 근무를 감수하는 것은 모두 익숙한 현재에서 벗어나 새로운 것에 도전함을 뜻한다. 도전은 항상 '실패'라는 리스크를 달고 다니니 두렵다. 또 일상을 유지하면서 자기계발을 하는 것은 돈과 시간, 체력을 다 투자해야 하고 때론 가족의 희생도 따른다. 가끔은 이런 투자가 무색하게 결실을 못 보기도 한다. 그런데 조금이라도 경제적 크기를 늘리고 싶다면, 감수해야 할 부분이다. 투자 없는 상승은 없기 때문에 또 내 노력의 방향과 크기를 알 필요가 있기 때문에 말이다.

부캐 말고 본캐에 주력하기

한 친구는 직장에 다니면서 재택 아르바이트를 하곤 했다. 일종의 부업 같은 것이다. 그 친구도 디자인 전공인데 창작 플랫폼(크몽)과 같은 곳에서 일거리를 받아 퇴근 후에 3~4시간 정도 일을 하곤 했다. 조금이라도 수입을 늘리려고 이렇게 부업을 하는 사람이 꽤 많다.

블로그를 열심히 해서 광고 수익을 얻기도 하고 인터넷 쇼핑몰에 물건을 팔기도 한다. 최근에는 유튜버를 부업 삼아 하는 사람도 늘고 있다. 주말을 이용해서 도우미를 하기도 하고, 저녁 알바를 나가기도 한다. 그런데 나는 어지간하면 부업은 추천하고 싶지 않다. 그 이유는 본업에서 수입을 올리거나 경력을 쌓는 것이 장기적으로 탄탄한 경제활동에 도움이 되기 때문이다.

단발적인 부가 수입은 큰 도움이 안 되면서 건강에 무리를 준다. (몸 아프면 다 소용없다!) 또 컨디션 조절을 하지 못하면 본업에 방해가 되기도 한다. 물론 당장의 급한 지출을 해결하기 위해 어쩌다 할 수는 있겠지만, 무엇보다 중요한 것은 자기계발로 주 수입을 올리는 거라 생각한다.

또 하나, 투잡이나 아르바이트를 금지하는 회사에 근무한다면 어쩌다 하는 부업도 조심해야 한다. 단발성 일거리에는 3.3%의 원천징수를 하기 마련인데 이 세금 신고가 회사에 알려지면 곤란한 일이 일어날 수도 있기 때문이다.

투잡 금지 회사가 아니라서 아예 회사를 두 군데 다니는 사람도 있다. 이런 경우 4대 보험을 두 군데 모두 납부해야 하며 연말 정산 때 합산 신고가 필요할 수 있다. 연말 정산에 미비 사항이 생기면 매년 5월에 있는 종합소득세도 챙겨야 한다. 그렇다면 두 군데 내는 4대 보험과 각종 세금, 떨어진 체력, 여가 없이 일만 하는 일상을 월 소득과 냉정하게 비교해봐야 하지 않을까. 어떤 것이 가성비가 좋은지 말이다.

또 4대 보험을 위해 투잡을 하는 경우도 종종 있다. 프리랜서가 본업이고 파트타임으로 직장에 나가며 4대 보험은 해결하는 것이다. 파트타임이니 급여는 많지 않을 것이고 급여에 기준한 보험료는 저렴하다. 거기다 회사에서 절반은 내주니 남는 장사 같다. 그런데 이렇게 프리랜서와 직장을 겸업하면 체력은 남아나지 않을 것이다. 또 두 가지 모두 정성껏 일하기는 어렵지 않을까.

부캐 말고 본캐에 주력하자는 것이 나의 소신이지만 예외는 있다. 바로 '전직'이나 '경력'을 위한 것, 또는 퇴직 후 제2의 직업을 위한 것 등이다. 직업을 바꾸기 위해 경험하는 것은 부업이 아니라 투자이며 경력을 위한 도전도 마찬가지이다. 직업을 바꾸는 일은 신중에 신중을 거듭해야 하는 큰일이다. 이런 큰일에 시뮬레이션을 해볼 수 있다면 고단하더라도 해볼 가치가 있다고 생각한다. 나와 성향은 맞는지, 미래에 비전이 있는지 여러모로 따져볼 수 있는 좋은 기회이니 이런 기회가 생긴다면 용기 내어 다가가야 한다. 그러다 부캐가 본캐가 되고, 그것으로 인해 더 나은 일상을 보낼 수 있다면 내가 빚은 행운 아닐까 싶다.

목돈이 생기면
보증금으로 깔고 앉기

강제 저축은 힘이 세

보증금 100만 원짜리 방에 살면서 내가 선택한 종잣돈 마련법은 다소 고전적이었다. 바로 보증금을 높여 이사하는 것.

돈이란 참 희한하다. 통장에 조금이라도 목돈이 생기면 마치 기다렸다는 듯 나갈 일이 생기니까 말이다. 갑자기 치아 치료를 해야 한다거나, 축의금 내는 시기가 몰린다거나, 컴퓨터나 장비가 망가져 새로 사야 한다거나……. 그래서 나는 이런 유혹 아닌 유혹에 당하지 않으려 목돈이 생기면 인출이 어려운 통장에 모아두곤 했는

나는 느긋하다.

데(이도 평소에 열심히 닦았고 경조사비는 생활비에서 어떻게든 쪼개어 따로 모아뒀다), 아…… 카드조차 만들지 않은 통장 인데도 얼마가 어느 은행에 있는지는 절대 잊을 수가 없다! 자꾸만 '난 이 정도 돈은 있어! 그러니 안심해도 돼'라고 되뇌며 돈 쓸 구실을 찾곤 했다.

그래서 찾은 방법이 있다. 잔고가 100만 원이 넘지 않았던 초보 프리랜서 시절, 내가 정한 최저생계비는 70만 원이었다. 이때 늘 이렇게 다짐하며 돈을 모았다.

통장에 170만 원이 넘으면, 100만 원을 저금해야지.

통장에 200만 원이 넘으면, 130만 원을 저금해야지.

통장에 500만 원이 넘으면, 과감히 500만 원을 저금하고 버텨야지!

그렇게 100만 원이 모이면 정기예금으로 묶어놓고, 300만 원이 모이면 증권계좌(당시만 해도 로그인이 무척 까다로웠다)에 묶어놓으며 목돈으로 만들었다. 그리고 드디어 이사를 할 수 있었다.

몸을 쭉 뻗지도 못했던 보증금 100만 원짜리 방에서 보증금 300만 원의 한옥으로 거처를 옮겼다. 한옥에는 방 두 개와 거실, 그리고 마당까지 있었다. 그렇지만 그곳 역시 겨울에는 온몸이 덜덜 떨리도록 추웠고, 세수도 여전히 싱크대에서 해야 했다. 한옥에서도 어서 벗어나고 싶었다. 이번에는 보증금 500만 원에 월세 30만 원 정도인 원룸으로 이사를 했다. 그제야 조금 집다운 집에서 사는 느낌이 들었다. 수도꼭지를 틀면 몇 초 후에 따뜻한 물이 나오고, 창문을 닫고 커튼을 치면 찬바람도 덜한 것 같은, 정말 집다운 집.

절약만으로 마련한 생애 첫 전셋집

항상 2년 단위로 이사를 했다. 목돈을 보증금으로 깔고 앉아 있으면 돈은 사라지지 않고, 집의 컨디션은 높일 수 있었다. 보증금은 꺼내 쓸래야 쓸 수가 없기에 이런 방법으로 돈을 모은 것이다.

그러면서 드디어 전세 사는 여자가 되었다. 서른이 넘어 간신히 4,200만 원짜리 전셋집을 마련한 날, 이제는 다달이 월세를 내지 않아도 된다는 생각에 얼마나 행복했는지 모른다. 비록 서울의 구석진 곳이지만 방이 두 개나 되는 안전하고 포근한 '집'에 고양이들과 함께 머물게 된 것이다. 지금껏 악착같이 돈을 모은 시간을 뿌듯한 마음으로 되돌아볼 수 있었다. 혹시 지금 월세를 살고 계신 분이라면 전셋집에 대한 로망을 충분히 이해하시리라 생각한다.

하지만 나의 가난은 끝나지 않았기에 여전히 월세 낸다는 마음으로 월 30만 원짜리 적금을 부었다. 그렇게 긴장감을 유지하고 싶었다.

치사해서 덜컥 '집'을 샀다,
진짜 내 집

지겨웠어. 세입자 서러움

전셋집에서 고양이들과 함께 나름 여유로운 생활을 얼마간 즐길 때쯤, 의도치 않게 반려견이 생겼다. (내 인생에는 종종 계획에 없던 동물이 등장한다.) 소형견이라고는 할 수 없는 10kg가량의 슈나우저(이하 정멍뭉)였는데, 한창 사고칠 때 데려온지라 저지레는 물론이고 분리 불안 때문에 내가 외출할 때마다 우렁차게 짖기 일쑤. 세입자로서 민망하고 죄스러울 수밖에 없었다. 그때 살던 집은 3층짜리 다가구주택이었는데 반지하인 1층과 2층에는 세입자가, 3층에는 주인이 살았다. 2층에 사는 나는 정멍뭉이 가정

훈련이 될 때까지 양해를 구하려고 1층과 3층에 찾아가기도 했다. 그리고 다행히 정멍뭉은 빠른 속도로 적응하고 있었는데 집주인은 아마 나와 내 반려동물이 싫었나 보다. 소위 말하는 집주인 눈치가 조금씩 보이기 시작한 것이다.

시작은 재활용 쓰레기를 제대로 버리지 않았다는 문자였다. 내가 봉지를 꽉 묶지 않고 버려서 페트병이 굴러다닌다는 것이었다. 화들짝 놀라 나가보니 페트병이 굴러다닌 건 사실이나 그 쓰레기는 내가 버린 것이 아니었다. 과연 이 문자를 다른 세입자에게도 똑같이 보냈을까?

하루는 정멍뭉과 주말을 즐긴답시고, 오전부터 친구들과 산책을 나갔다. 점심을 먹고 있는데 집주인에게 전화가 왔다. 지금 개가 너무 짖어서 시끄러우니 어떻게 할수 없겠냐고 했다. 사실은 예전부터 아주 시끄러웠다고. 그 전화를 받고 너무 황당했다.

"오늘 오전부터 우리 집 개는 저랑 나와 있는데……."

이뿐만이 아니었다. 고양이 화장실 두 개를 현관 쪽에 비치하고 있었는데, 여름이면 통풍이 되라고 현관문을 살짝 열어두곤 했다. 꼭 고양이 화장실이 있어서가 아니라, 현관에는 안전 방풍망도 되어있어서 습관적으로 살짝 열어두었는데, 강아지가 들어오고 나서부터는 집주인이 나를 정말 싫어하게 되었나 보다. 우리 집의 고양이 털이 3층까지 올라와 남편에게 털 알레르기가 생겼다고 했다.

아…… 더럽고 치사한 집주인 눈치.

그날 저녁 나는 가진 통장을 싹 다 꺼내어 바닥에 늘어놓았다. 이사를 해야겠어! 더는 세 들어 살지 않을 테다. 이제 눈치 보지 않고, 이사 다니지 않고 살고 싶어! 우리가 살 집을 마련할 거야!

신축 빌라를 사는 일이
너무 쉬웠지 뭐야

그런데 집을 어떻게 사야 할까?

당시 나는 아무것도 몰랐다. 전세금을 포함해 약 5천만 원의 돈이 있었을 뿐, 어떤 집을 어떻게 사야 하는지 전혀 몰랐다.

그저 내가 원하는 건

더는 이사하지 않아도 되는 안락한 집.

크지 않아도 좋으니 누구 눈치 보지 않고
오랫동안 거주할 수 있는 그런 집.

그런 공간을 구하자는 아주 단순한 목표만 있었다.

그때 한창 우리 동네는 낡은 단독주택이 없어지고 그 자리에 4~5층짜리 빌라가 들어서고 있었다. 원래는 재개발이 하려던 구역이었는데, 재개발이 해제되며 도시재생사업을 진행하는 쪽으로 전환되었고, 재개발을 기대하며 버티고 있던 원주민들이 구역 해제 후 빌라 업자들에게 집을 다 팔아버린 것이다. 빌라 업자들은 빌라를 하나하나 지어 분양하고 있었다. 나는 멍뭉이와 날마다 동네 산책을 하면서 이 광경을 관찰했다. 이 골목에 얼마 전까지 있던 단독주택이 순식간에 허물어졌나 싶었는데 저 골목 주택에서는 이사 나간 흔적이 가득했다. 온갖 자재들이 마당으로 나왔다가 몇 주 후면 비계와 현수막으로 둘러싸여 공사 시작을 알리곤 했다.

그러다 골목길의 새로 들어선 빌라에 분양 현수막이 붙었고, 아침 운동을 다녀오는 길에 무작정 그곳으로 걸어 들어갔다. '실입주금 3천만 원'이라고 적힌 현수막을 보고 '어……. 3천만 원이면 저 집에 살 수 있는 건가?' 하는 단순한 궁금증이 내 걸음에 용기를 불어넣어주었던 것 같다. 어떻게 저런 번듯한 집을 3천만 원으로 살 수 있지? (물론 대출을 생각하지 않은 건 아니지만) 일단 들어가서 물어보자! 물어보면 알 수 있겠지.

보여주는 집에는 잘 차려입은 아주머니가 앉아 있고, 방과 거실에는 예쁜 소품이, 바닥에는 폭신한 러그가, 천장에는 시스템 에어컨까지 있었다. 늘 다가구 집에서 세 들어 살던 내 눈에는 호텔과 같았기에 눈이 휘둥그레졌지만 애서 침착하게 집을 살펴보고, 얼마냐고 묻고 되돌아 나왔다. 그렇게 몇 번을 하다가 대출이란 어떤 것인지, 프리랜서로 받을 수 있는 대출은 무엇인지, 담보대출과 신용대출의 차이점은 무엇인지 등을 어설프게 공부하기 시작했다.

그리곤 결국 그 작은 투룸 빌라를 샀다.

자본금 5천만 원에 담보대출이 80%였다. 매달 대출상환금은 70만 원 정도.

드디어 생긴 내 집. ㅠㅠ

지금까지 방세를 내왔듯 이 대출금도 기필코 밀리지 않고 내야지. 저축을 아예 하지 않는 한이 있더라도 이 돈

은 내야지. 만약 그림 일이 끊기면 당장 뛰어나가 설거지
라도 할 테다. 나는 이 집을 꼭 지킬 테다!

　신축 빌라는 참 구매하기 쉬운 구조로 되어있다. 막말
로 나는 가만히 있다가 "계약할게요!"라는 말 한마디면
분양 아주머니가 모든 걸 알아서 해주신다. 언제 중도금
을 주고 언제 잔금을 주어야 하는지, 은행에서 전화가 오
면 어떤 서류를 준비해서 보내야 하는지 다 알려주셨다.
계약금을 걸고 나서 이제 무엇을 해야 하는지 몰라 인터
넷을 수시로 뒤지며 걱정 반, 두려움 반으로 잠을 설쳤지
만 결론은 돈만 있으면 나머지는 다 알아서 되었다. 집을

산다는 게 이렇게 쉬운 건가? 이상한 기분마저 들었다.

집을 사는 건 굉장히 어렵고 힘든 일인 줄만 알았는데, 웬걸. 얼렁뚱땅 쉽게 사버리니 사기를 당한 것 같기도 하고, 무언가를 놓치고 있는 것 같았다.

하여튼 이렇게 얼토당토않게 내 생애 첫 집을 마련했다. 삼십 대 중반, 프리랜서로 10년 가까이 일하며 오로지 절약만으로 마련한 (대출은 좀 있지만) 소중한 내 집이었다.

고속질주

돈이 돈을 벌고, 나도 돈을 벌지

의심으로 시작한
'돈'과 '집' 공부

내 집이 생긴 게 마냥 기뻤지만

첫 집을 너무 쉽게 샀다. 신축 빌라였기 때문에 분양 팀에서 모든 것을 다 해주었다. 심지어 부동산 사무소는 끼지도 않았다. 등기를 떼어본 적도 없고 그저 달라는 대로 돈만 주었다. 그러다 보니 뭔가 잘못된 게 있지 않을까 하는 걱정이 어느 날 덜컥 몰려왔다.

집을 계약한 초반에는 정신이 없었다. 달라는 서류를 준비해야 했고 이사 준비도 해야 했으니까. 정신없이 잔금을 치르고 이삿짐을 새집에 들여놓은 뒤, 오후가 되어서야 한숨 돌리며 '아, 집을 사니까 확정일자 받으러 주민센터에 안 가도 되는구나'라는 작은 기쁨을 느낄 수 있었다.

입주하고 얼마간은 그저 좋았다. 나와 동물들이 안락하게 살 집을 마련했고, 더는 이사 걱정을 하지 않아도 되었으니까. 물론 우리 개가 짖으면 이웃에게 휴지를 돌리고 양해 메모를 남겨야 한다는 점은 똑같지만 적어도 집주인 눈치에서는 해방이었다. 게다가 내 집이기에 싱크대에 음식물처리기를 부착할 수도 있었고, 바닥의 몰딩을 정멍뭉이 뜯어버려도 '뭐, 괜찮아!' 하며 넘길 수 있게 되었다. 고양이들이 벽지를 긁어 놓아도 (아니, 셋집에 살 땐 안 긁다가 왜 인제 와서 긁는 건지!) 이건 행위예술의 산물이구나, 하며 여유롭게 감상할 수 있게 되었다.

이제 남은 것은 대출금을 월세 내듯 갚으면서, 목돈이 생기면 대출금을 줄이는 것이었다. 그렇게 해서 빚이라는 게 다 없어지면, 다음 집은 마당 있는 주택이다! 세상 이렇게 행복할 수가 없었다. 나와 가족이 머물 안정적인 집이 마련되었다는 것만으로도 삶이 편안해지는구나. 감격의 나날이었다.

토지등기에 내 이름이 없어!

그런데 가만있어 보자.

어느 날 문득, 누워서 집 천장을 바라보다가 과정이 너무 쉬웠다는 생각이 들었다. 이사를 많이 해봤으니 계약하고 잔금 치르는 것은 아무 일도 아니었지만, 공인중개사 사무소를 거치지 않아서 그런지 일련의 과정이 잘 정리되지 않았고, 궁금한 것들이 잔뜩 쌓였다. 결국 등기와 건축물대장을 떼어보았다. 그런데 그 종이에는 알 수 없든 단어들만 적혀있었다. 보존등기, 용적률, 건폐율, 대지권 지분, 제곱미터……. 그중 가장 헷갈렸던 것은 토지등기에 내 이름이 없다는 점이었다. 분명 빌라를 사면 땅의 일부도 같이 사는 것이라 알고 있었는데! 토지등기에는 내 이름이 온데간데없고 나에게 빌라를 판 건축업자의 이름만 있을 뿐이었다. 아뿔싸! 갑자기 머리가 새하얘져서는 토지등기를 들고 큰 대로변의 부동산 사무소로 뛰어갔다.

"아저씨, 이 서류 좀 봐주시면 안 될까요? 저는 여기 402호에 사는데 제 이름이 없어요. 저는 집 살 때 땅을 안 산 건가요?"

이제 막 식사를 마친, 눈이 침침한 중개사 할아버지는 느릿느릿 소파에서 일어나더니 가끔 이런 사람이 있다며 다짜고짜 한마디만 하고는 자신의 책상으로 돌아가 앉아 버렸다.

"그 땅은 이미 팔아먹고 없지! 그러니 자네 이름이 당연히 없지!"

대체 무슨 알 수 없는 얘기인가. 집으로 돌아와 폭풍 검색을 시작했다. 토지등기, 건축물대장, 대지권등기…… 온갖 생소한 단어들로 가득한 글을 읽는데 도무지

이해할 수가 없었다. 엄마나 언니는 그 서류 대신 다른 서류에 내 이름이 있어 괜찮다는 말로 나를 안심시켰다. 하지만 그때의 나는 이해하기 어려웠다.

등기를 잘 보기 위해서 인터넷의 바다에서 허우적거리고, 동네 부동산 아줌마들을 괴롭히고, 이미 집을 산 친구들에게 상담을 했다. 결론은 이런 식으로 물어보다가는 끝이 없겠다는 것이었다.

안 되겠다. 이렇게 묻기만 해서는 안 되겠어. 내가 직접 알아볼 거야.

나중에 알게 되었는데 토지등기에 내 이름이 없어도 괜찮은 거였다. 보통 빌라 같은 집합건물일 경우, '대지권등기'에 소유주들의 지분을 표시하게 된다. 만약 한 빌라에 12채의 집이 있고 12명의 주인이 있다면 대지권등기에 12명의 권리를 명시한다. 토지등기에 이름이 없더라도 대지권등지에 이름이 있다면 안심해도 된다.

공인중개사,
너는 내 운명

몰라서 용감했던 공인중개사 도전

집에서 그림 작업 10년, 그렇게 지내다 보니 사회에서 뒤처진 느낌이 들었다. 사람을 자주 만나지 않다 보니 점점 도태되는 느낌이랄까. 휴대폰 송금이 얼마나 편한지, 요즘 유행하는 음식과 음악이 무엇인지 알지 못했다.

내 옷차림은 10년 전 스타일 그대로 머물렀고 빠르게 변화하고 있는 세상에 적응하지 못하면 어쩌나 걱정도 생기기 시작했다. 그래서 밖에서 하는 아르바이트를 시작했다. 일주일에 이틀을 미술학원 강사로 일했다. 수강생은 대부분 20~30대였다.

그중 부동산학과를 졸업한 수강생이 있었다. 현재는 다른 일을 하고 있지만, 아무튼 전공은 그것이라 했다. 수강생에게 그 이야기를 듣는 순간 눈이 번쩍 뜨였다. '드디어 내 궁금증을 풀어줄 사람을 찾았어!' 지금까지 궁금했던 서류들에 대해 쉴 새 없이 질문했다. 그런데 그 수강생까지도 어려운 단어를 나열하기 시작했고, 결국 나는 알아듣지 못했다. 그와 종로의 한 건물 지하 식당에서 밥을 먹으며 이야기를 나누었는데 그는 부동산에 관심이 있다면 공인중개사 자격을 따는 게 어떻겠냐고 권했다. 그러면서 공인중개사 시험이 지금은 절대평가지만 앞으로 상대평가로 바뀔 수 있으니, 따고 싶다면 서둘러야 한다는 말도 의미심장하게 건넸다. 매년 자기계발이랍시고 이런저런 것들을 배우기 좋아한 나였기에 꽤 솔깃한 제안이었다.

운명이었을까. 식당에서 나와 보니 건물 5층에 공인중개사 학원이 떡 하니 있더라. 바로 들어가 상담을 했다. 그때가 11월이었다. 매년 10월 말경이면 공인중개사 시험이 치러지고, 11월은 1년 치의 학과 커리큘럼이 나오는 시기다. 어쩜 이렇게 시기까지도 딱딱 맞는지! 무턱대고 1년 치 인터넷 수강을 결제했다.

'그래! 심리치료나 캘리그래피처럼 공인중개사 자격증도 따 보는 거야. 그러면 더는 이 사람 저 사람한테 귀찮게 안 물어봐도 되겠지.'

무식하면 용감하다더니 내가 딱 그랬다. 집을 산 과정이 아무래도 이상해서, 궁금한 게 너무 많이 생겨서, 소위 전문가들이 하는 말을 도통 못 알아들어서 공인중개사 공부를 시작하다니. 이런 단순한 계기로 국가고시를 치르는 사람이 또 있을까 싶다.

든든한 무기가 생긴 기분이야

공인중개사 시험 과정에 대해서는 길게 서술하지 않으려 한다.

1년 과정을 거쳐 공인중개사 자격증을 취득했다. 그간의 진땀 나는 공부 과정을 서술하는 것은 어설픈 투정으로 보일 수 있기에 생략하겠다. 초기에는 꽤 만만한 자격증으로 얕봤다가 크게 뉘우치고 누구보다 진지하게 공부했다. 그런데 하다 보니 정말 시작하기 잘했다는 확신과 함께 의외로 부동산 공부가 꽤 재밌다는 걸 알게 되었다. 이제는 원하는 자료를 정부 사이트에서 스스로 찾을 수 있고 그렇게 낯설었던 단어들이 친숙하게 들렸다. 경제 뉴스를 봐도 어렵지 않았다. 세상을 살아갈 든든한 무기 하나를 허리춤에 찬 것 같았다.

누구나 자기만의 렌즈로 세상을 본다. 그림쟁이는 그림쟁이의 눈으로, 요리사는 요리사의 눈으로 볼 수밖에 없다. 그동안 내 경제적 눈은 '그림을 그려 받는 보수'와 '절약'에 머물러 있었다. 그런데 공인중개사 자격을 따면서 세상을 다른 눈으로, 보다 넓은 경제의 눈으로 보게 된 것이다. 거리를 걷다가 보게 되는 크고 작은 집들, 새로 만들어지는 도로, 재개발을 기다리는 동네가 새롭게 다가왔다. 내 삶에 변곡점이 시작되는 순간이었다.

임대사업을
시작하게 되었어

작은 원룸으로 임대인 시작

예전에는 적금을 타거나 해서 목돈이 모이면 정기예금을 이용했다. 그런데 갈수록 낮아지는 금리로 이자수익이 생기지 않았다. 돈을 묶어놓으면 쓰고 싶다는 욕구만 자제할 뿐 현실적인 도움이 되지 않았던 것이다. 그러던 와중에 중개사 공부를 하며 부동산 쪽 언니들을 몇 명 알게 되었고, 한 언니가 재미있는 말을 해줬다.

"서울에 2억짜리 집을 사서 월세 50만 원 받나, 지방에 1억짜리 집을 사서 월세 50만 원을 받나 비교해보면 똑같더라. 물론 양도차익(집을 팔았을 때의 수익)까지 생각하면

서울에 집을 사는 게 좋지만, 자본금이 별로 없으면 임대수익만 보는 것도 괜찮은 방법이야."

순간 귓구멍이 활짝 열리는 기분이었다.

누구나 꿈꾸는 임대수익! 내가 자고 있어도 돈을 버는 그것! 건물주는 못 되더라도 작은 주택이라면 어떻게 해볼 수 있지 않을까? 나도 남들이 말하는 재테크, 그걸 할 수 있지 않을까?

때마침 지방에 8천만 원짜리 원룸이 나왔고 작은 원룸으로 시작해보기로 했다. 담보대출을 끼고 원룸을 사서 월세 50만 원에 세를 놓았다.

나는 서울에 살고 있었기에 그 지역으로 이주하신 부모님의 도움을 받았다. 딸이 중개사 공부를 시작하니 부모님은 세금을 계산해야 한다거나, 구청에 신고할 일이 생기면 차츰차츰 나에게 부탁해오셨다. 부모님과도 '돈' 얘기를 하며 가까워졌다. 처음으로 임대인이 되고 보니 도배며 장판이며 세입자 관리 등이 낯설었는데 부모님이 도와주신 덕분에 한결 수월했다.

임대사업은 국가와의 공동사업!

다달이 50만 원씩 들어오는 월세는 제2의 월급처럼 그리 달콤할 수가 없었다. 처음에는 그랬다. 느닷없이 띵동 찍히는 입금 문자를 보고 나도 모르게 배시시 미소를 짓곤 했으니까. '아, 일하지 않고도 돈을 버는 게 진짜 행복하구나!' 그런데 이 50만 원이 온전한 내 수입이 아니라는 것을 채 1년이 되지 않아 깨닫게 되었다.

처음 집을 샀을 때, 몇만 원이나 오른 건강보험료와 재산세에 당황했다. 비록 몇만 원이지만 일 년이면 몇십만 원이고, 십 년이면 몇백만 원인데! 내가 안정적으로 살려고 집을 샀지, 세금 많이 내려고 집을 샀나? 어쩐지 오른 세금을 내는 게 아까웠다.

그런데 임대사업은 이 세금을 피할 수가 없다. 집을 사서 임대를 놓아야 하기 때문에 재산세는 당연히 오르고 보험료도 오른다. 그냥 월세에 세금이 포함되어 있다고 생각해야 한다. 이걸 아깝게 여기면 임대사업을 할 수가 없다. 세금 또한 운명인 것을!

또 세금 말고도 나가는 비용이 많다. 세입자가 들고 나갈 때면 도배를 해줘야 하고 지방은 보증금이 적기 때문에 월세가 밀리면 공제할 보증금이 얼마 남지 않기도 한다. 대부분 월세가 밀리면 관리비도 미납되기 마련인데 미납된 돈을 조율하는 과정에서 임대인이 손해를 보기도 한다. 또 건물과 시설은 노후되기 마련이라 간간이 보수비가 나가며 세입자가 바뀔 때는 중개 수수료도 내야 한다. 보수비의 경우, 세입자가 알아서 수리하고 영수증을 보내줄 때도 있지만 보일러가 망가져서 새로 놔야 하는 등 큰 수리가 필요하면 직접 가서 공사를 해줘야 할 때도 있다. 이때 직접 갈 수 없다면 그 집을 중개한 중개사 사무소 등에 부탁해도 되는데 그럴 때 중개사에게 수고료도 따로 챙겨주어야 한다.

결국 이 월세 50만 원(연 600만 원)을 전부 수입으로 잡을 수는 없다. 이것 또한 모아야 한다. 매달 50만 원이 들어왔다고 생각하지 말고, 30%인 15만 원이 들어왔다고 생각하며 적금을 들었다. 그리곤 (가산세나 불이행금 등이 아까워서) 충실히 세금을 납부하고, 현황 신고도 꼼꼼히 챙겼다. 그랬다. 임대사업은 국가와의 공동사업이었다. 임대소득 전부가 나 개인의 소득이 아니라는 것을 인정해야 했다. 만약 대출을 많이 사용해서 임대사업을 한다면, 사업자는 3자다. 국가, 은행, 그리고 나.

국가와의 동업을 인정하지 못하면 편법을 쓰면서 세금을 줄이고 이 사람 저 사람 명의를 빌려 써야 한다. 무리수를 둬야 하는 것이다. 나는 그 '편법'을 잘 알지도 못하고 그러고 싶지도 않았다. 세금이며 거래며 입출금이 모두 전자로 기록되는 시대에 될 일 같지도 않고 말이다.

임대사업, 널 내 노후로 정했어

공인중개사 시험을 공부할 때도 임대사업은 관심 대상이었다. 정말 다양한 집에서 살아보다 보니, 집에 집착하는 면도 있고 어떤 집이 살기 편하고 인기가 있는지 온몸으로 경험한 터였다. 준비 기간에도 임대사업에 유리한 조건들이 나오면 따로 메모해 두었다.

지방의 3억 미만 40제곱 미만 주택은 보유세 세제 혜택이 크고, 주택 수 조건에도 유리하다. 규제지역의 집들과 비규제지역의 집들 취득 또한 다르고, 신규 공급 주택과 구옥 취득은 임대사업자로 등록 시 세금감면 혜택도 크다(주택임대사업자의 취득세 감면 혜택은 2021년까지만 적용된다. 신규 사업자 등록도 규제가 시작될지 모른다. 이렇게 부동산 시장은 법률이 자주 바뀐다). 주택에 가해지는 빡빡한 제재들에 비해 상가나 오피스텔에는 조금 유동적인 잣대가 있다는 것도 알게 되었다. 그러면서 점점 매력을 느꼈다. 그래, 내 노후는 이것으로 해야겠구나. 임대사업.

십 년이 넘도록 그림을 그리다 보니 엄살 아닌 엄살로 손목은 아프고 어깨 근육이 쑤셔서 잠을 잘 때면 팔을 올리고 만세 자세로 자야 했다. 종일 앉아 있으니 다리에 피가 몰리는지 저려오기 일쑤였고, 허리 또한 불편하기 짝이 없었다. 내 꿈은 죽기 전까지 그림을 그려 그 돈으로 쌀을 사는 것이었다. 그런데 언제까지 그림을 그릴 수 있을지 알 수 없었다.

나의 직업은 계속 부흥기일까? 혹시나 내가 아프거나 다쳐서, 더는 돈을 벌지 못하는 시기가 온다면? 한 달 벌어 한 달 살고, 일 년 벌어 일 년 사는 그런 시기가 온다면? 내가 50살, 60살 그리고 70살에는 어떤 삶을 살게 될까? 노후를 생각하니 걱정이 밀려왔다.

노후에 일하지 않아도 (정확히 말하자면 노후에 몸을 움직이지 않아도) 제때 들어오는 수입이 필요했다. 그런 우물을 하나 만들어두자는 의미로 임대사업을 택했다. 그런 우물이 있다면 내가 좋아하는 그림을 그리고 싶을 때 그릴 수 있을 것 같았다.

많은 사람이 임대사업을 하면 편하게 월세만 챙기고 쉴 수 있겠다고 생각한다. 그런데 그것은 오해다. 편하게 월세만 받다가는 건물은 낡아가고 세입자는 더 편리하고 깨끗한 집, 새로 뜨는 동네로 떠나버린다. 임대사업을 지속적으로 하려면 집의 컨디션을 쾌적하게 유지하는 것은 물론, 세입자들이 선호하는 지역도 파악하고 있어야 한다.

이는 곧 변화에 대응하는 일이 관건이란 뜻이다. 갑자기 터지듯이 나오는 정부 대책들을 주기적으로 팔로우해야 하고, 지역 발전이나 개발 관련 뉴스도 챙겨봐야 한다. 그뿐인가? 금융권 소식도 주시해야 한다. 주택담보대출, 전세자금대출, 청년대출을 대충이라도 알아야 하니까 말이다. 또 각양각색의 세입자들을 관리해야 한다. (생각보다 다채로운 세입자가 정말 많다!)

이런 것들이 누군가에게는 너무 복잡하고 어려운 일일 수도 있다. 또 어떤 이들은 이렇게 신경을 많이 쓰는 임대사업보다 주식이나 코인이 더 맞을 수도 있다. 보수적인 재테크를 하는 이들에겐 적금이나 연금이 더 좋을 수도 있다. 그렇다면 자신에게 맞고 편한 재테크를 택하면 된다. 부동산이든, 주식이든, 펀드나 연금이든 돈을 불리는 목적은 같으니까. 그리고 과정도 비슷하다. 바로 공부하고 기다려야 한다는 것이다.

재테크를 하더라도,
'나' 자신은 유지하기

임대사업을 하더라도 그림은 계속 그렸어

임대수익을 기대하며 지방에 작은 원룸을 조금씩 만들어갔고 주택임대사업자도 신청했다. 그렇게 다주택자가되었는데 대부분의 사람은 '다주택자'라는 단어만 들어도엄청 부자일 거라 생각하지만 나는 그렇지 않다. 내가 매입한 집이 아파트도 아니고 지방의 작은 원룸이나 수도권의 주택이기 때문에 시세가 엄청 오를 것을 기대할 수없기 때문이다. 또 자본이 부족하니 전세를 끼고 사는 경우가 절반이 넘어서 누군가 말하는 것처럼 월 수입이 몇천만 원씩 되진 않는다. 이쯤해서 나의 임대수입이 궁금

할 터인데, 2020년 기준으로 이야기하자면 1년 동안 중소기업 대리급 연봉 정도가 입금되었다. 물론 세금과 수선비 공제 전 금액으로 여기서 각종 비용을 제하고 나면 아마 중소기업 신입사원 연봉쯤 되지 않을까?

생각보다 소박한 금액일지 몰라도 나는 임대사업이 좋다. 나도 재테크를 한다는 것이 좋고 그 재테크가 눈에 보이는 부동산이어서 더 마음에 든다. 지금 당장 몸이 아파서 일을 못 해도 굶지 않게 되었다는 것도 좋다. 하지만 아무리 좋아도 그림 그리는 일은 놓지 않았다.

많은 이가 임대수익이 생기면 지긋지긋한 현직을 떠나 여유롭게 지내고 싶어 한다. 꼴 보기 싫은 직장은 저 멀리 두고 여행이나 다니면서 다달이 들어오는 월세로 스트레스 없이 사는 삶을 꿈꾼다. 때론 코인이나 로또로 대박 난 사람들이 외제 차를 끌고 사표 내러 왔다는 전설을 들으며 나를 대입해보기도 한다. 그런데 보통 사람의 행복은 '일상'에서 생겨나는 것 아닐까. 큰돈도 제대로 운용할 줄 알게 되었을 때 잘 쓸 수 있는 것 아닐까 생각한다. 또 사람은 돈으로만 사는 것이 아니며 어떤 조직에 속했다는 소속감, 나의 직업을 가졌다는 자부심으로도 살아간다.

그림이 좋아...

　이렇게 말하면 내가 임대수익이 한 달에 몇천만 원이
된다 해도 일을 하겠냐고 물을 수 있다. 그렇다 해도 나는
주저 없이 그림을 그릴 것이다. 일할 수 있는 나이에 일할
수 있는 자리에서 일하는 균형은 여러 의미에서 중요하
다고 생각하기 때문이다.

매달 들어오는 월급의 힘

　현직은 경제적 관점에서도 유지하는 것이 좋다.
　임대사업을 한다 치자. 그리고 자본금도 별로 없는 상
태다. 이럴 때는 전세로 우선 시작해서 차츰차츰 내 자본을 넣어가면서 월세로 전환해야 하는데, 때론 월세 전환까지 수년이 걸리기도 한다. 또 그 '자본'은 현 직업에 충실해야 만들 수 있다.

월급을 받는 직장인이라면 절대적으로 현직을 유지하는 것이 유리하다. 4대 보험이나 대출을 떠나서라도 꾸준한 수입의 힘은 크기와 상관없이 무시할 수 없다. 매달 생활에 필요한 고정비를 오로지 임대수익으로만 감당하려면 엄청 많은 수익을 올려야 한다. 평균 부동산 수익률을 5% 정도로 여기는데(매매차익 기준이다), 만약 월 200만 원을 임대수익으로 발생시키려면 계산상으로는 4억 정도의 집을 가지고 있어야 한다. 이를 수치 계산이 아닌, 현실 월세로 따지면 서울 반포의 최소 12억짜리 아파트를 가지고 있어야 월 200의 월세가 가능하다. 보증금은 한 5억 정도로 책정한다는 가정하에 말이다. 월 50만 원으로 4곳을 받는다 쳐도 1~3억짜리 빌라나 주택을 4채는 가져야 가능하다. 만약 상가라면 200만 원 이상의 월세도 가능하지만 상가를 소유한다는 것도 복잡한 문제며 상가도 비싸다! (여기서 세금과 유지보수비는 아예 공제하지도 않았다.) 그래서 월 수입이 아무리 적더라도, 통장을 그저 스친다 해도 직장에 계속 다니며 생활의 바탕으로 삼을 것을 권한다.

프리랜서라면 수입 금액과 시기가 불규칙하니 성실하게 일하며 고정 거래처를 잡아두어야 할 것이다. 몸값을 높이는 것도 빼놓지 말아야 할 과정이다. 그리고 큰일이 들어올 때마다 뭉텅이로 돈을 모아놓아야 할 것이다.

현직을 유지해야 하는 이유 또 하나, 백수는 돈이 더 든다. 직장인이나 프리랜서는 일하는 시간에는 돈을 쓰지 못한다. 물론 출근하면서 토스트 사 먹고 퇴근길에 맥주 한잔은 할 수 있겠지. 오다가다 봐둔 옷을 사 입을 수도 있을 거다. 하지만 매일 정해진 일이 없다면 그 많은 시간을 돈을 쓰며 채워야 한다. 아무리 절약한다 해도 시간을 비용으로 메꾸려면 돈이 만만치 않게 든다.

다시 본론으로 돌아가서 나는 임대사업자가 되고 난 후 지방의 원룸을 대출을 끼고 매입해 월세를 놓거나, 전세로 일단 두고 4~5년 정도 흐른 후에 월세로 전환했다. 나의 재테크 방식은 내가 가장 잘 알고, 또 좋아하는 부동산 분야로 집중했다. 그렇다고 다른 분야에 전혀 기웃거리지 않은 것은 아니다. 요즘 유행하는 것들은 다 한번씩 해봤다. 성공을 못 해서 그렇지……. ㅠㅠ

재테크, 모르는 동네에서
까부는 거 아니다

장거리에 특화된 게 내 성향이었지

돈이 모이는 속도에 한창 뿌듯해할 때, 그림 일도 많이
들어왔다. 일을 해서 버는 돈과 소위 불로소득이라는 월
세가 합쳐지자 왠지 모를 정신적 부유함이 가득 찼다. 이
렇게 달리고 있는 시기에는 어떻게든 돈을 불리고 싶은
마음에 여기저기 기웃거리게 된다. 물론 그 과정에서 자
신과 맞는 경로를 찾게 된다면 그만한 행운이 없겠지만,
나의 경우는 모르는 동네에서 까불면 안 된다는 깨달음
만 얻었다!

주식, 리스크는 크지만 수익률이 괜찮은 P2P 투자(개

인 대 개인 대출), 비트코인까지 고백하건대 다 해봤다. 그리고 나의 성향에 대해 확실하게 알게 되었다.

나는 유독 집이나 건물을 보는 걸 좋아한다. 또 저축을 해도 자금을 수시로 옮기거나 넣고 빼는 일을 상당히 귀찮아해서 가급적이면 장기 상품에만 넣는 버릇이 있었다. 오랫동안 묵혀놓고 위급할 때나 시간 여유가 있을 때만 살펴보는 식이다. 이런 성향이 부동산 재테크와 잘 맞았던 것 같다. 정기적으로 들어오는 수입과 예측 가능한 지출들, 그리고 장기간 묵히면서 (이 기간이 10년 이상일 수도 있다) 버티기로 일관하기. 부동산은 단발성 수익보다는 몇 년간 보유세를 지불해가면서 버텨야 하는 지구력이 필요한 종목이다.

주식, P2P, 비트코인, 너무 어려워!

이런 내가 고개를 절레절레 흔들었던 재테크 종목은 단연 주식이다. 주식이 나에겐 너무 힘들었다. 아침마다 경제 관련 소식을 챙겨봐야 하는 것은 부동산과 비슷하지만, 매일같이 장을 보고 스스로 예측하고 투자한 뒤, 계속해서 흔들리는 그래프에 웃었다 울기를 반복하는 순간들이 소모적으로 느껴졌다. 아무래도 현금이 움직이는 것이다 보니 수익에 따라 부담감도 크게 다가왔다.

또 수익을 어느 정도 내려면 잔잔한 종잣돈보다는 묵직한 종잣돈을 넣어야 하는데 가끔은 묵직한 종잣돈을 '없어도 되는 돈'이라고 치부하며 오랫동안 묵히는 과감함도 필요하고 가망이 없다 싶으면 미련 없이 손절을 해야 한다. 뿐만 아니라 이 회사가 어떤 회산지, 지금 뭘 준비하고 있는지, 신제품 출시일은 언제인지 등도 알아야 적절한 거래 타이밍을 파악할 수 있다. 수출 중심의 나라이다 보니 세계 경제에 민감하게 반응해서 이 국내 종목이 해외 어떤 회사와 어떻게 관련 있는지도 하나하나 알아가야 했다. 그런데 그렇게 열심히 공부한다 해도 수익을 예측할 수 없다는 게 스트레스로 다가왔다.

비트코인도 마찬가지였다. 당시 (2017년 경) 비트코인의 수익률은 시간 단위로 올랐다. 지인이 한 둘씩 투자하더니 단기간에 놀라울 만큼의 수익을 만들었다고 자랑하는 게 아닌가. 아직 통장에 꽂히지 않은 사이버 머니이지만, 그래도 돈으로 전환될 수 있다고 하니 마음이 흔들렸고 결국 나도 합류했다. 하지만 연동해야 하는 계좌관리

가 매우 귀찮을뿐더러 아니, 도대체 해당 코인이 왜 오르
락내리락하는지 파악하기 어려웠다. 무섭게 치솟는 상승
그래프를 보면 몰라도 무작정 탑승해야 할 것 같았다. 하
지만 내가 잘 알지 못하는 분야인데다 이해도 안 되어 금
방 접었다.

P2P 투자는 중개 플랫폼을 기반으로 개인 대 개인으
로 돈을 빌려주고 갚는 투자 시스템이다. 여기에도 살짝
발을 담갔다가 플랫폼의 안정성에 따라 내 돈이 어떻게
될지 모른다고 생각하니 그리 오래 하지는 못했다.

다행히 모든 투자에 큰 손해는 없었고 원금은 건졌다.

이 과정에서 얻은 가장 큰 수익은 재테크는 정말이지 꾸준한 공부와 분석이 필요하고 성향도 맞아야 한다는 깨달음이었다.

돈 '공부'의
위력

재테크도 재미있어야 잘하게 돼

돈이 돈을 벌게 하려면, 돈이 가장 왕성하게 활동할 자리를 찾아주고 잘 불어날 수 있도록 비료도 주어야 한다. 이 과정에서 때로 '운'도 작용하지만 대체로 공부가 돈이 있을 자리를 찾아내고 비료 역할을 해낸다. 그렇게 생각하면 재테크도 일종의 지식 노동 같다.

공부를 가장 재미있게 하는 방법을 묻는다면 너무도 식상한 대답을 할 수밖에 없다. '내가 좋아하는 분야'를 공부해야 한다는 것. 어릴 때도 영어를 좋아하면 국어, 수학보다 영어책에 더 손이 가게 되고 그래서 영어점수가 올라가고, 자연스레 영어를 잘하게 되는 것 아닌가?

　나는 부동산이 성향과 맞기에 부동산 공부를 하게 되었고, 공인중개사 자격을 취득했고, 국토교통부 사이트라든가 실거래가 사이트를 보며 놀게 되었다. 그리고 지금도 이 공부가 너무 재미있다. 도로명 주소 대신 지번 주소로 더듬더듬하며 내가 살 땅도 아니고, 내가 살 집도 아닌데 저쪽에 있는 건물은 몇 평일까, 이쪽에 있는 집은 얼마일까, 새로 바뀐 법은 무엇일까, 하고 찾아보는 게 정말 즐겁다. 공부도 놀이가 된다는 게 이런 거구나 싶다.

　만약 내 성향이 주식이나 코인과 맞았다면 그와 관련된 공부를 열심히 했을 것이다. 종목을 보는 게 재밌고 시장을 파악하는 게 흥미롭다면 단기든 장기든 자신에게 맞는 방법으로 주식을 해볼 수 있을 것이다. 주식은 소액으로 시작할 수 있어 그 점이 매력적이다. 만 원짜리 주식이라도 내 돈으로 사서 분석하다 보면 자연스럽게 각종 용어들을 알게 되고 경제를 보는 눈도 생기게 된다. 그 과정이 온통 공부이기도 하고 말이다. 그러다 자신감이 생기면 좀 더 묵직한 자본금을 투자해 만족할 만한 수익을 얻을 수도 있을 것이다.

　나는 믿는다. 끊임없이 궁금해하고, 찾아보고, 공부하

는 과정은 절대 배신하지 않는다고 말이다. 이런 바탕이
결단이 필요한 순간에 결정적 힘이 되어줄 것이며 결국
은 무엇보다 큰 자산이라 믿는다.

그냥 심플하게 살면 안 될까?

"돈 공부 말이야. 머리가 너무 아파. 이해가 안 돼. 그
냥 심플하게 살면 안 될까?"

대학 때부터 나를 지켜본 친구가 한 말이다.

왜 안 되겠는가. 재테크도 선택이다. 개개인의 그릇,
성향, 스트레스 감당 정도에 따라 얼마든지 선택할 수 있
는 일종의 옵션이다.

재테크나 부수입 없이 차곡차곡 저축하는 재미도 무시할 수 없다. 평온하고 온화한 삶의 흐름이다. 어떤 사람은 한 군데 정착하는 것보다 몇 년에 한번씩 집을 옮겨 사는 것이 좋으며 그래서 전세를 선호한다고 말한다. 이렇게 사는 것도 좋다고 생각한다. 모든 것은 각자가 판단하고 각자가 감당하는 것이다. 큰 욕심 없이 소소하게 사는 것 또한 아름다운 삶이므로 당당히 누려도 좋다. 하지만 나의 노동력과 저축 규모, 물가 상승률을 비교한 적이 있다거나 돈 걱정 없이 여유를 갖고 싶다면 피할 수 없는 것이 재테크이고 돈 공부라 생각한다.

조금씩 모이는 내 땀들!
보험과 저축, 그리고 연금

비정기 수입이라면 정기예금과 CMA 계좌 추천!

돈은 아무리 잘 불려도 묶어놓지 않으면 흩어진다. 돈이란 게 발이 달렸는지 조금만 한눈을 팔면 흔적도 없이 사라진다. 물건을 산 것도 아니고 누구 준 것도 아닌데 잔고에서 로그아웃이 되는 것이다. 심지어 어디에 썼는지 기억도 안 난다! 그래서 강제로 단단히 묶을 필요가 있다.

돈을 묶는 방식도 사람을 탄다. 정기적금, 정기예금, 증권저축, 연금저축, 연금보험 등 선호하는 게 사람마다 다르다. 그렇다면 나와 가장 잘 맞는 상품은 무엇일까?

나는 그것이 정기성에 따라 달라진다고 생각한다.

나처럼 불규칙한 금액이 불규칙적으로 들어온다면, 단연 정기예금과 증권저축을 추천한다. 목돈이 들어올 때마다 잠가놓는 기능의 정기예금은 많으면 많을수록 좋다고 생각하는데, 나는 주로 저축은행을 이용한다. 저축은행은 1금융권보다 살짝 높은 금리로 정기예금을 판매할 때가 많아서이다. 저축은행이다 보니 혹시 은행이 파산할 경우 일시 지급될 수 있도록 2천만 원 이하로 나누어 가지고 있다(그렇다고 각 계좌에 2천만 원씩 있다는 이야기는 절대 아님).

저축은행 정기예금은 일 년에 두 번 개설한다. 상반기 수입 중 생활비를 제외하고 남은 금액을 한 저축은행 계좌에 넣고, 하반기에도 한 번 더 넣는다. 각 통장의 금액이 비록 몇백만 원 단위일지언정 이런 식으로 매년 두 개의 정기예금에 목돈을 묶어놓는다면 1~2년 뒤 근사한 종잣돈이 마련된다. 저축은행 개설을 알아볼 때는 각 저축은행을 검색하여 (나는 모네타 사이트를 주로 이용한다) 조금이라도 우대금리를 챙기자. 요즘에는 비대면 개설도 가능해서 더욱 활발하게 이용 중이다.

또는 증권계좌(예를 들면 CMA통장)를 이용하는 것도 좋

은 방법이다. 개설이 다소 까다로울 수 있지만 하루 만에
도 이자가 붙고, 입출금도 일반 계좌처럼 자유롭다. 보너
스처럼 잔잔하게 들어오는 부가수입 정도는 증권계좌에
넣어 제2의 종잣돈을 마련하는 것도 좋을 듯하다. 그리고
이 증권계좌는 대부분 주식거래에도 쓸 수 있기 때문에
주식에 관심이 있다면 적극적으로 이용해보는 것도 좋은
방법이다.

신협의 통장도 괜찮다. 신협의 가장 큰 매력은 '비과
세'인데 1금융권 정기예금은 이자소득에 15.4%의 이자
소득세를 내지만 신협은 1.4%의 농어촌특별세만 공제
한다. 제로 금리에 이자소득세까지 공제하고 나면 정말

이자가 없는 거나 마찬가지니, 신협 상품을 이용하는 것도 추천한다. 단, 신협도 3천만 원까지만 비과세를 해주며 조합원에 가입해야 하는 경우가 있다. 조합원이 되려면 출자금을 내야 하고 2만 원 정도의 소액도 가능하다. 조합원이 되면 1년에 한번 출자금에 비례한 배당금을 주며, 내가 가입한 신협 지점에 영업이익이 없다면 배당금도 못 받게 된다. 출자금은 첫 가입 후 1년이 지나야 찾을 수 있으며 없애고 나면 조합원 상대로 나온 우대 상품은 가입할 수 없다.

직장인이라면 정기적금이 기본

직장인처럼 일정 금액이 규칙적으로 들어온다면 가장 기본적으로 정기적금을 이야기하고 싶다.

일반적으로 정기적금을 일 년에 한 개 가입하면, 일 년 내내 열심히 저금하고 만기가 되었을 때 일정 금액을 다시 정기예금이나 장기 보험상품으로 묶는다. 이때 조금 생각을 달리해서, 일 년에 30만 원의 정기적금을 한 개 가입하는 것보다 10만 원씩 분기별로 가입하고 계속해서 정기적금을 이어나가는, 일명 '풍차 돌리기'를 실현해보

자. 처음에는 무리하지 말고 4개월마다 10만 원씩 정기적금에 가입하고, 1~2년 후에는 어느 정도 여유가 생기니 그때부턴 금액을 올려 정기적금에 또 가입하는 것이다. 다소 계좌 관리가 번거로울 수 있지만, 사실 이는 번거로움이 아니라 또 다른 즐거움이라는 것을 금방 깨달을 것이다.

이외에도 펀드나 보험, 연금상품 등이 있지만 나는 거의 들여다보지 않는다. 연금은 기본적인 국민연금을 꼬박꼬박 내는 스타일이고, 실질적인 연금은 부동산 처분으로 해결할 예정이다. 펀드의 경우는 그다지 수익을 보지 못했고 오히려 20대 초반에 크게 손해를 보아서 개인적으로는 선호하지 않는다. 하지만 펀드나 연금 쪽의 공부가 충분히 되어있다면 장기펀드나 연금 상품도 노후에 든든한 역할을 충분히 하리라 본다.

만약을 위한 청약 저축!

나는 다주택자라서 아파트 청약을 넣을 수 없다. 만일 내가 임대사업을 상가와 오피스텔로 만들어왔다면 아파트 청약이 가능했을 것이다. 그런데 주택으로 시작했기에 다주택자가 되었고, 무주택자만 도전할 수 있는 청약은 나에겐 놓쳐버린 토끼와 같다.

하지만 청약 저축은 넣고 있다. 당장은 내가 다주택자이지만, 언제 또 무주택자가 되지 말란 법이 없지 않은가? 그때를 알 수는 없지만 놓친 토끼를 다시 잡기 위해 청약 저축은 유지 중이다.

우리나라만큼 아파트에 대한 열망이 짙은 나라가 얼마나 있을까? 이 좁은 땅덩어리에 온갖 행정기관과 일자리가 수도에 몰려있는 국가가 얼마나 될까? 인구수는 점점 줄어든다는데 수도권의 인구는 줄지 않는다. 그리고 많은 이가 아파트를 열망한다. 이런 '아파트'를 가장 저렴하게 마련하는 방법이 또 청약이다.

하지만 갈수록 아파트에 대한 규제가 심해진다. 대출도 쉽지 않다. 서울에서 아파트를 마련하려면 아파트값의 절반 이상을 현금으로 가지고 있어야 하고, 기존 세입자가 있을 경우 실거주 요건도 맞춰야 하며, 아파트를 소유한 채로 다른 부동산에 투자하는 것도 시시때때로 법이 바뀐다. 또 서울의 아파트는 너무너무너무 비싸서 어지간한 저축으로는 구매하기가 쉽지 않다. 결론은 청약을 넣어 아파트를 분양받거나, 현금을 왕창 모아 핫한 아파트 한 채에 실거주를 하는 것 자체가 재테크가 될 수도 있다. 그러나 모든 것은 각자의 선택이니 그에 맞춰 준비하는 것이 맞겠다.

공인중개사가 말해주는 '집'의 모든 것

어떤 집을 사야
좋을까?

임대사업을 하며 주택을 많이 보았고 매입, 임대 그리고 매도까지 많은 거래를 했다. 그렇다면 도대체 어떤 집이 좋은 집일까?

공인중개사 입장에서 '좋은 집'에 대해 살짝 조언을 해보겠다. 여기서 아파트는 제외! 아파트는 살펴볼 부분이 대체로 정해져 있고 단지 정보도 풍부하다. 아파트에서 중요한 건 집의 모양새보다 '입지'이고 이와 관련된 정보는 여러 군데서 넘쳐난다. 하지만 주택은 천차만별이기에 주택에 집중하겠다.

거주할 집인가, 임대할 집인가?

불행인지 다행인지 첫 집을 큰 고생 없이 쉽게 샀고, 3년 정도 거주 후 임대해서 지금은 월세로 대출금을 갚고 있다. 마을버스 정류장 바로 앞이기도 하고, 지하철역과는 도보로 15분 거리다. 모든 창은 시야를 가리는 건물이 하나도 없고, 작은 면적이지만 구조가 깔끔해서 동선도 꼬이지 않는다. 거주할 집이자 임대할 집이 갖춰야 할 조건이 다 충족되어 참 운이 좋았다고 생각한다.

나는 집을 볼 때 두 가지 용도에 대해 고민한다. 실거주할 집과 임대로 놓을 집. 되도록이면 두 용도에 다 적합한 집이 좋다. 나는 대식구를 거느리는 (동물까지 포함하면 대식구지만) 가정이 아니니 작은 평수의 집을 선호하는데 작은 평수는 거주에도 임대에도 인기가 있다. 매매가와 세금, 보증금이 모두 저렴하고 나중에 처분도 쉽기 때문이다.

교통은 좋은가?

용도가 결정되면 가장 첫 번째로 입지를 본다. 만약 숲

세권을 좋아해서 산 밑 조용한 주택가의 작은 투룸 주택을 매입할 것이라 가정해보자. 거주에는 상관없지만 후에 임대를 생각하면 상황이 달라진다. 집이 작으니 1~2인 가정일 테고, 대체로 직장인일 것이니 당연히 역세권이나 버스 정류장 근처를 선호할 것이다. 내 맘에 든 집이 내가 살기엔 좋을 수 있지만, 임대에는 어려울 수 있다는 걸 생각해야 한다.

위반건축물인지가 중요!

두 번째는 위반건축물인지 확인해야 한다. 예전에는 다세대나 빌라 맨 위층 호수는 베란다를 확장 공사해서 창고나 작은 방으로 사용할 수 있도록 불법 공사를 하곤 했다(이때 지어진 위반건축물은 과거에는 적발 시 5년간 벌금을 내면 끝이었지만, 지금은 법이 바뀌어서 원상으로 복구할 때까지 계속 내야 한다). 저렴한 빌라를 찾다 보면 이런 위반건축물 딱지가 붙은 다세대 빌라를 많이 만난다. 시세보다 저렴해서 '어라!' 하고 눈이 커졌다가도 건축물대장을 뽑으면 '그럼 그렇지'로 바뀌는 위반건축물 매매. 이런 위반건축물에는 되도록 가까이 가지 않는 게 좋다.

임대를 놓으려 해도 전세는 불가능하고(보통 세입자가 전세자금대출을 받아 들어오는데, 은행에서는 위반건축물에 대출을 해주지 않는다), 월세만 가능한데 아무리 월세 수익이 있다 하더라도 벌금 납부(이행강제금)에 대한 부담이 남아 있다. 위반건축물은 벌금을 내며 실 거주할 것이 아니라면, 또는 공사 처리를 직접 할 것이 아니라면 바로 고개를 돌리는 것이 낫다.

주차장은 세대 수와 맞는가?

세 번째는 주차장. 최근의 웬만한 주택들(다가구 제외)은 '주차 공간 80%'를 확보해서 건축하기 마련이다. 예를 들면 10세대가 있는 주택은 8대 이상의 주차가 가능하다는 이야기. 하지만 실제로 주차는 쉽지 않다. 아무리 역세권 주택이라 해도 차가 있는 사람이 대부분이며 호수마다 자차가 있을 텐데, 80%로 맞춰놓은 주차장이 과연 넉넉할까?

그래서 집을 볼 때면 주차장을 유심히 보는 편이다. 간혹 주차장이 일렬주차로 되어있어서 이중 주차를 해야 하지만 100%에 가깝게 공간을 확보한 곳도 있다. 또 건물의 건축선을 맞추느라 건물 벽 옆에 도로를 살짝 걸쳐 주차가 가능한 곳도 있다. 이렇게 해서라도 100%의 주차 공간이 갖추어진 주택이라면 거주에도 좋고 임대도 잘 된다.

내 집 마련은
언제쯤 하는 게 좋을까?

결심할 때가 바로 그때

내 집 마련은 언제쯤 하면 좋을까? 나는 그것을 '집을 사겠다'고 결심한 순간이라고 생각한다. 만약 집을 사야 겠다는 결심이 섰다면, 더는 전세자금대출 이자도 내기 싫고 집값이 오르는 것도 지켜보기 힘들다면 집을 살 때가 된 것이다. 간간이 '이제 집값은 내려갈 거야. 그때 사야지, 지금은 아니야'라는 이야기를 듣는데, 정작 그때는 언제 올까? 집값이 떨어진다는 말은 반은 맞고, 반은 틀리다고 믿는다. 지방은 떨어질 것도 같다. 하지만 서울은 모르겠다.

집을 사는 적절한 시기는 '집값이 내려갔을 때'가 아니라 '내가 자금이 있고 결단이 섰을 때'라 생각한다. 갈수록 현금을 가진 사람만 주택을 취득할 수 있도록 정책이 바뀌고 있는데, 안타깝게도 돈을 모으는 속도는 상승하는 주택 가격을 따라가기 어렵다. 물론 지방의 중소도시나 시골은 가능할 것이다. (내가 서울 사람이기에 기준이 서울이 된 점, 굉장히 죄송합니다.)

대출까지 감당할 수 있다면 준비가 끝난 것

집을 사야겠다고 결심하고 맘에 드는 집을 발견했다면 매입 전, 몇 가지 짚어봐야 한다.

얼마나 거주할 것인가, 거주 후 처분할 집인가 또는 임대할 집인가, 월 거주 비용은 어떻게 산정할 것인가. 예를 들어 3억짜리 집을 현금 3억으로 매입하면 아무런 걱정이 없겠지만, 보통은 주택담보대출을 받아 매입한다. 3억의 40%인 1억 2천만 원은 대출금으로, 3억의 60%인 1억 8천만 원은 내가 가진 자본금으로 충당한다고 치면 이때 대출금 1억 2천만 원의 월 상환금을 내가 꾸준히 감당할 수 있는지 확인해봐야 한다.(대출가능비율은 때때로 바

꾄다. 주택담보대출은 지역과 매가에 따라 40~70%이다.)

전세자금대출이야 이자만 내면 되지만, 주택담보대출은 원금도 같이 갚아야 한다. 이율 2.5%에 대출 기간은 30년으로 가정했을 경우, 1억 2천만 원을 30년 동안 빌린다면 한 달에 약 474,000원을 은행에 내야 하는 것이다. 물론 474,000원 중에는 원금상환액도 있다. 224,000원(원리금균등상환일 경우 원금 비율은 대출 초반에는 적고 후반으로 갈수록 많아진다. 이 금액은 대출 초반 금액이다)이 바로 그것인데 이 돈은 30년 동안 저축을 하는 거나 마찬가지고, 나머지 금액은 은행에 월세를 낸다고 생각하면 쉽다.

결국 매입은 했지만, 은행에 어느 정도의 월세를 내는

것과 같다. 대신 이사 걱정이나 타인에게 거주 공간이 침범당하지 않는다는 장점이 있을 뿐이다. 만약 이자가 아깝다는 생각이 든다면, 30년 동안 1억 2천만 원을 모아서 집을 살 때 당시 주택 가격은 얼마일지 가늠해 보았으면 한다. 이와 같은 계산에도 집을 사고 싶다면 준비가 된 것이다.

전·월세 구할 때, 이것만은 체크하자

도배와 장판은 누가 할까

월세든 전세든 남의 집을 빌려 사는 것은 똑같지만 몇 가지 차이점이 있다. 월세는 들어갈 때 도배나 장판을 임대인에게 새로 해달라고 할 수 있고, 대부분은 순순히 해준다. 임대인 입장에서는 한 달이라도 빨리 월세 수익을 받는 것이 좋으므로 공실 기간을 줄이고 싶기 때문이다. 그래서 월세 수익의 일부로 도배와 장판 비용을 처리하려고 한다.

하지만 전세의 경우 대부분 세입자가 어느 정도 집을 꾸밀 것을 예상해야 한다. 쉬운 말로 전셋집은 '알아서~'

라고 하는데, 이는 임대인에게 수익이 거의 없어 되도록
집에 들어가는 비용을 아끼려고 하기 때문이다.

전셋집은 되도록
수요층이 두터운 지역으로

전세 보증금은 거액이지만 돌고 도는 돈이다. 임대인
은 이 큰돈을 통장에 넣은 다음 수년간 보유만 하지는 않
을 것이다. 이것으로 낼 수 있는 이자수익이 너무 적기 때
문에 다른 곳에 투자하거나 급한 일을 해결하는 데 쓰기

마련이다.

이런 이유로 전셋집을 구할 때는 되도록 수요층이 두터운 지역(다음 세입자가 빨리 들어올 수 있는 지역)이 좋다. 그래야 나중에 이사할 때 보증금 때문에 애먹는 일이 적기 때문이다. 전세 만기가 되었는데 다음 세입자는 들어오지 않고, 집주인은 조금만 기다려 달라면서 양해를 구하면 무척이나 난감하다.

이것은 전세 놓을 집을 매입할 때도 마찬가지 원칙이다. 자본금이 적어서 전세를 끼고 매입하려 한다면, 수요가 많은 지역을 골라 다음 세입자가 무리없이 들어오도록 해야 한다. 만약 만기가 다 되어 현 세입자의 보증금을 빼줘야 하는데 다음 세입자가 구해지지 않는다면, 카드론 받고 지인 찬스까지 동원해야 하는 불상사가 벌어질 수도 있다.

등기상 소유자가 누구인지 잘 보고
보증금과 월세는 되도록 계좌이체를!

임대차에 있어서 반드시 점검해야 하는 부분은 보증금과 월세를 납부하는 계좌가 등기상 소유자의 계좌인지를 확인하는 것이다.

　또 현금으로 보증금을 냈다면 영수증을 꼭 챙기고, 거래 시 수표보다는 현금이 원활하다. 보증금을 수표로 가져와 임대인에게 건네주었을 때, 간혹 수표의 검증 기간이 이틀 정도 생길 수 있기 때문이다. 이 이유로 꺼리는 경우가 많고, 이전 세입자와 새로운 세입자 간 보증금을 맞바꾸어야 하는 경우에는 수표 검증 때문에 애먹는 경우가 종종 생긴다. 그러니 되도록 현금이나 뱅킹을 이용하자. 휴대폰 뱅킹으로 거래할 때는 거액의 돈을 이체해야 하니 총 이체 한도와 일일 한도가 얼마인지 잔금일 전에 반드시 확인해야 한다.

어떤 공인중개사가
좋을까?

나는 이 동네 집을 원하는데
중개사는 다른 동네에?

요즘은 살고 싶은 동네에 찾아가 아무 부동산 사무소 문을 열고

"여기 얼마에 얼마짜리 집 있을까요? 방은 두 개였으면 좋겠고요."

하는 사람이 드물다.

대부분은 네이버 부동산이나 직방, 다방 같은 곳에서 매물을 보고 로드뷰 사진까지 꼼꼼하게 확인한 다음 매물을 업로드한 중개사 사무소에 문자를 보내 약속을 잡

는다. 그런데 그렇다 보니 이상한 일들도 어쩌다 있다.

서울에서 집을 구하는데 부천에 사는 중개인이 보여주다든가, 나는 이 집을 보려고 하는데 여기 말고 딴 곳을 먼저 보자고 여기보다 훨씬 좋은 데라고 하면서 훌쩍 비싼 곳을 보여주고 모자라는 돈은 대출을 받으면 된다고 권하는 그런 것이다. 그러다 보면 월세를 구하려던 사람이 매매 직전까지 가기도 한다. 또 어플 사진과는 확연히 다른 형편없는 컨디션과 크기의 방을 보여주기도 한다. 분명 같은 주소의 집인데도 말이다.

공인중개사가 아닌 컨설턴트일 수도
명함 자세히 보기

이런 난감한 상황을 피하려면, 크게 두 가지를 확인하면 된다.

내가 서울 합정동의 집을 원해서 매물을 봤다면, 그 매물을 내놓은 부동산 사무소 주소가 합정동이거나 인근임을 확인해야 한다. 대부분 부동산은 자신의 지역 매물을 가장 많이 관리하고 상태도 잘 안다. 부동산끼리 매물을 공유하긴 하지만, 그래도 그 지역을 크게 벗어나진 않는다. 만약 합정동 주택을 보았는데 중개사는 경기도 성남에 있다면 그 중개사는 '컨설턴트'일 가능성이 크다.

컨설턴트는 공인중개사가 아니라 부동산 법인의 직원으로 일종의 영업사원이다. 공인중개사 자격은 없으며 주로 빌라 분양팀으로 많이 활동하는데 가끔 주택 임대도 한다. 이 컨설턴트의 최고 목표는 '빌라 분양'이라서 월세나 전세를 원하는 사람에게 자꾸 빌라 분양을 권하기도 한다. 이 컨설턴트의 맹점은 공인중개사가 아니기 때문에 임대차 계약에 책임이 없다는 것이다.

이런 컨설턴트를 피하려면 앞서 말했듯 사무실 주소를 확인해야 하고, 그다음으로 만났을 때 명함을 받아서 '실장' '팀장'으로 되어있는지 보면 된다. 컨설턴트는 대부분 실장이나 팀장으로 활동한다. 만약 어플에서 본 집이 마음에 꼭 들어 보고 싶은데, 중개사가 의심된다면 그 지역 다른 부동산 사무소에 문의해보자. 대부분 컨설턴트한테 간 매물은 동네 부동산 사무소에도 있기 마련이다.

사실 컨설턴트가 다 이상한 것은 아니지만, 거액의 돈이 오가는 부동산 거래라면 집 상황을 잘 알고 계약도 꼼꼼히 챙겨줄 공인중개사를 통하는 게 안전하지 않을까. 공인중개사는 중개인의 잘못으로 계약상 하자가 생기면 영업정지나 면허 취소를 감당해야 한다. 때로는 벌금을 물고 실형도 산다. 물론 이상한 중개사가 없는 것은 아니지만, 그래도 대체로 공인중개사를 이용하는 것이 안전하다.

선택하기 어려운 것이
바로 부동산 사무소

집을 계약할 때 선택하기 어려운 것이 바로 공인중개사다. 아무리 중개사가 똑부러지게 일처리를 하고 많은 집을 보여줘도 집이 마음에 들지 않으면 계약까지 안 가는 게 현실이다. 세를 얻든 집을 사든, 집과 인연이 있어야 계약까지 진행되기 마련이다.

그래서 어떤 사무실에서는 10채 넘게 집을 보여줬지만 계약을 안 하고, 어떤 사무실에서 단 한 번에 계약까지 이르기도 한다. 일종의 인연과 운이랄까.

이런 이유로 마음에 드는 공인중개사를 만나기란 어려운 일이다. 내가 원하는 집을 잘 알고, 내가 이 지역에 계속 머물 예정이라면 좋았던 중개사와 다시 거래하는 것이 가장 좋은 방법이다. 또 하나, 세입자의 입장에서 중개하는 중개사인지 임대인의 입장에서 중개하는 중개사인지도 잘 살펴보아야 한다. 세입자 입장을 고려하는 중개사라면 세입자의 요구사항 등을 잘 살펴줄 것이고, 반대의 경우라면 '이 정도 가격이면 무척 저렴한 것이니 감안하라'는 말을 할 것이니까.

4장

신호대기

돈이 고이려면 새는 것을 막아야 해

목표가 있어야
절약도 즐거워

돈은 최대한 안 쓰는 것

돈을 불리려면 첫 번째로 해야 할 일이 종잣돈을 마련하는 것. 두말하면 입이 아플 정도로 종잣돈이 없는 상태에서는 어떤 것도 시작할 수 없다. 그리고 종잣돈은 오랜 시간 동안의 절약에서 탄생한다. 아무리 돈을 많이 벌어도, 나가는 비용을 줄이지 않으면 남는 것이 없기 때문이다. 절약에 대해서는 많은 사람이 각자 노하우가 있을 것이다. 절약도 사람을 탄다. 여기서는 내가 했던 절약을 소개하려 한다. (그걸 가장 잘 아니까.) 내가 가진 절약에 대한 생각은 다음과 같다.

'돈을 가능하면 쓰지 않는 것.'

구매 욕구를 누르고(ex. 간식비 쓰지 않기, 예쁜 옷 안 보기), 생활의 불편함을 감내하며(ex. 택시비 등과 같은 교통비 줄이기), 약간의 감정적 우울함(ex. 지속적으로 절제된 생활 리듬으로 생겨난 슬픔)을 견디면서 정해진 수입 안에서 소비 금액을 줄이는 것이다.

그렇다. 이것이 가장 단순하면서도 현실적으로 생각할 수 있는 '돈을 절약하는 방법'이다. 누구나 알고 있다. 소비를 줄여야 돈을 모을 수 있다는 것을. 하지만 또 알고 있다. 이것을 누구나 다 못하고 있다는 것을. 소비가 잘 줄여지지 않는다는 것은 내 마음처럼 씀씀이가 절제되지 않는다는 것이다.

왜일까? 그동안 굳어진 소비 습관을 바꾸기 어렵고, 적은 돈이 왜 소중한지 잘 모르기 때문이다. 그렇다면 이렇게 접근해보자. 각자에게 맞는 절약의 목표를 세운 다음 목표 달성의 퀘스트를 하나씩 치르고 있다고 말이다.

지금 월세를 살고 있다면

목돈을 만들어 월세를 전세로 바꾸면, 전세자금대출을 이용한다고 하더라도 다달이 나가는 주거비가 크게 절약될 것이다. 그렇다면 목돈인 전세금을 모아야 한다. 또 전세에서 조금 더 나아가 내 집이 생긴다면 다달이 나가는 주거비(비록 주택담보대출이 있다 하더라도 나중에 집을 매매할 수 있으므로)는 더 크게 절약이 될 것이다.

절약의 이유 : "안정적인 주거를 확보하고 싶다"
→ 절약의 목표 : 내 집 마련

지금 하는 일이 불안정하다면

현재는 건강하고 충분히 일할 수 있는 환경이 되며 직장도 있다. 하지만 몇 년 후, 또는 몇십 년 후 직장을 잃게 되거나 사회가 달라져 내 직업 자체가 없어진다면, 나의 노후는 어떻게 될까?

절약의 이유 : "미래를 위한 준비"

→ 절약의 목표 : 노후자금 준비

전직을 위해 자본금이 필요하다면

직업을 바꾸고 싶다. 하고 싶은 일이 있다. 또는 자격증이 필요하다. 그렇다면 자본금과 자격증 취득이나 사업 준비 기간 동안 쓸 충분한 생활비가 필요하다. 때론 학원에 다녀야 할 수도 있다. 이런 여유금은 어떻게 마련할 것인가?

절약의 이유 : "꿈을 이루기 위한 원천"

→ 절약의 목표 : 사업 자본 마련

언제까지 이렇게 살아야 하지,
늘 돈 걱정에 허덕인다면

지금은 정해진 수입만 있을 뿐 로또에 당첨되지 않는 한 갑자기 부를 얻기는 쉽지가 않다. 그렇다면 다음 수순이 재테크인데 이 역시 종잣돈이 있어야 한다. '돈 걱정 없이 살고 싶다'의 첫걸음은 종잣돈을 만드는 것이다. 그리고 이 종잣돈은 절약이 맺은 결실과 같다.

> 절약의 이유 : "돈 걱정 없이 살고 싶다"
> → 절약의 목표 : 종잣돈 확보

이렇게 각자의 상황에 맞게 돈을 절약해야 하는 이유와 목표를 만든 다음, 소비하고 싶다는 마음이 들 때면 이 목표를 떠올려보자.

돈 쓰는 습관 말고
안 쓰는 습관을

내게 주는 선물을 줄여야만 해

쓸데없이 소비하는 습관을 자제하려면 당연히 생활의 불편함을 감수해야 하고, 감정 조절도 필요하다. 굉장히 어려운 일이다. 하지만 소비 습관을 고치는 것은 돈을 불리는 데 가장 중요한 것이라 꼽아도 부족함이 없다. 또 절약은 연습이 필요하다. 한번에 되지 않는다는 의미이다. 하지만 몇 번이고 연습해서 몸에 익는다면 앞으로 경제생활에 큰 도움이 되니 지혜롭게 소비하는 연습을 꾸준히 해야 한다.

집으로 가는 길, 너무 추워서 또는 너무 더워서 부른 택시.

책상에 앉아 일할 때, 내 입을 달래줄 바삭한 주전부리.

생각 없이 둘러보던 쇼핑몰에서 나한테 딱 어울릴 것 같은 원피스 한 벌.

그리고 요즘 따라 건조해진 내 피부를 촉촉하게 보호해줄 신상 수분크림.

솔직히 불필요하다면 불필요할 수 있는 품목들이다.

하지만 순간의 흔들림으로 카드를 꺼낸다. 이렇게 꼭 필요하지 않은 것에 돈을 쓰는 패턴 때문에 어느새 가계부에는 5만 원, 10만 원, 20만 원의 지출이 생길 것이고, 나아가 조금 더 비싼 품목을 소비하면 '나에게 주는 선물'이라는 이름으로 큰 획을 그을 것이다.

지금 나는 절약해야 하는 시기인가? 그렇다면 카드를 긁기 전에 한 번 더 생각해보자.

'꼭 지금 사야 하나?'

'이것이 정말 필요한가?'

'이것이 없으면 생계에 지장이 있는가?'

이런 질문들에 조금이라도 NO를 외칠 수 있다면 가던

길 그대로 가자.

잔돈을 소중히 여기기

누군가 말했다. 잔돈을 잘 써야 큰돈을 모은다고. 그렇다면 얼마부터 잔돈일까?

잔돈이라는 개념은 상대적이다. 누군가에게는 몇백 원, 몇십 원처럼 동전 단위의 금액일 수도 있고, 누군가에게는 1~2만 원 정도가 잔돈으로 취급되기도 한다. 이렇게 잔돈의 개념은 지금 나의 가계에서 '무시할 수 있는 금액', '없어도 사는 데 지장 없는 금액'이다. 그런데 이 잔돈을 귀하게 여겨야 한다. 잔돈을 아끼고 모으는 기술을 익히고 나면 생각지 못한 수확으로 다가오기 때문이다.

일단 잔돈은 잘 써야 한다. 흔히 '싸니까' '언젠가는 쓰니까' 하는 마음으로 천 원짜리, 만 원짜리를 가볍게 쓰는 경우가 있는데, 적은 돈이 모여 큰돈이 되고, 큰돈을 헐면 잔돈이 됨을 명심해야 한다.

또 잔돈을 잘 간수하면 절약으로 피폐해진 감정에 보답으로 쓸 수 있다. 큰 욕심 없이 소확행을 얻을 수 있는 원천이랄까.

방구석에 나뒹구는 동전이 보이면 작은 필통 안에 저금을 해보자. 매달 한 달 치의 용돈을 쓰고 남은 12,300원 중에서 2,300원을 뚝 잘라 은행 수수료가 없는 다른 통장에 모아놓자. 보너스로 들어온 362,000원에서 62,000원을 과감히 잔돈 모으는 통장에 이체해보자.

잔돈이란 내가 정하기에 달려있다. 동전으로 나뒹구는 돈이 아니라 내가 남길 수 있는 금액이 바로 잔돈이다. 이런 잔돈은 나중에 20만 원이 되고, 50만 원이 될 것이다. 이렇게 잔돈을 모아두면 국내 여행을 가거나, 평소 사고 싶었던 물품을 사거나, 나만의 사치를 즐길 수 있는 작은 자본으로 쓸 수 있다. 소확행을 이루는 원천이 바로 잔돈에서 온다.

큰 소비에는 기준을 정하기

통장에 목돈 또는 한두 달의 생활비보다 조금 넉넉한 금액이 있을 때, 가장 많이 하게 되는 실수는 충동적인 소비다.

예를 들면 꽤 비싼 금액의 가전제품이나, 남들이 다 가지고 있다는 가방, 나에게 주는 선물이라며 질러버린 여행상품이나, 선심 쓰듯 뿌려버리는 사교모임에서의 외식비 등이다. 물론 가끔은 필요하다고 말할 수 있겠지만, 여기서 이 '가끔'이 누군가에겐 '한 달에 한두 번'이 될 수 있고, 또 누군가에겐 '일 년에 한두 번'이 될 수 있다는 것을 기억해야 한다.

금액 또한 '나는 30만 원이 한정선이야' 하는 경우도 있지만 100만 원을 한정선이라고 말하는 사람이 있을 것이다. 소비의 실수를 줄이려면 이런 기준을 세우는 것이 좋다. '일 년에 한 번은 얼마 정도로 기분을 내겠다'라는 기준.

참고로 나는 가전제품에 잘 꽂히는 타입이었는데, 100만 원이 넘는 제품은 3년에 한 번, 30만 원이 넘는 제품은 1년에 한 번만 사는 것이 내 기준이었다.

가계부는 자기반성

요즘에 종이 가계부를 쓰는 사람이 몇이나 될까? 이제는 휴대폰이 지갑 역할과 가계부 역할을 톡톡히 한다. 휴대폰에 설치해 둔 카드 애플리케이션의 데이터를 활용하여 수입과 지출을 기록해주는 가계부 서비스가 많이 있는데, 나 역시도 유용하게 사용 중이다. 은행계좌와 연결해 두면 수입도 함께 잡아주니 정말 편하다. 그저 가끔 식비나 유류비, 생필품 구매 비용 정도만 메모해두어도 한 달 후 카테고리별로 윤곽이 나오니 정말 똑똑한 서비스라 생각한다.

이런 가계부는 지출을 정리하기 위해 사용한다지만, 실은 '자기반성'의 역할이 더 큰 것 같다. 한 달 단위로 카테고리별 소비 품목을 살펴보면서, '아…… 여기에 괜히 돈 썼네, 아…… 이건 더 가성비 좋은 물건을 사도 됐는데' 하며 반성의 시간을 가지는 것.

모든 지출이 100% 만족스러울 수 없기에 가계부를 정리할 때면 후회가 남는 품목이 반드시 있지만, 이런 과정을 여러 번 겪다 보면 물건을 사는 요령, 소비 시 내가 가장 중요하게 생각해야 할 부분을 스스로 알게 된다. 그래서 가계부는 자기반성의 거울과 같다. 가계부는 입력만이 아니라 나중에 살펴보는 습관이 중요하다. 꼼꼼하게 점검하는 습관을 들이면 살림살이가 조금씩 나아지는 경험을 하게 된다.

매달 나가는 이자, 공과금,
정기결제를 줄여라

살아가면서 내야 하는 돈이 있다. 전기, 수도, 가스요금과 같은 공과금과 월세를 살든 대출을 받았든 다달이 내야 하는 주거비, 그리고 국민연금과 건강보험료 같은 보험료, 기본적인 식비와 잔잔한 생필품. 이런 품목들은 줄이는 데 한계가 있고, 얼마가 되었든 빠져나갈 수밖에 없는 돈이다.

하지만 줄일 수 있는 것들도 있다. 바로 각종 이자와 정기결제 등이다. 이런 것들은 꼼꼼히 챙겨서 줄일 수 있는 부분은 줄여야 한다. 또 어차피 내야 하는 돈은 자동이체를 걸어 가산이자의 가능성을 아예 없애버리는 것이 좋다. 카드 할부나 분할 납부 방식으로 하는 소비를 지양

하고, 감산자산에 이자를 내지 말아야 한다. 감산자산이란 대부분 물질적 자산인데 자동차, 휴대폰, 정수기 등 나중에 되팔았을 때 가치가 현저히 낮아지는 자산이다.

가장 비싼 할부는 자동차와 휴대폰

자동차를 일시불로 마련하기는 쉽지 않다. 그래서 대부분 할부를 이용하는데 이 할부가 굉장히 비싸다. 개인의 신용과 할부 상품에 따라 천차만별이지만 신차의 경우 보통 2%에서 시작하고 (비싼 차종은 이자가 거의 없는 할부도 있긴 하다. 그런데 절약을 하고 싶다면 비싼 차종은 피해야 하지 않을까?) 중고차는 크게는 18% 정도까지 이자가 붙는다. 또 할부 개월이 많으면 이자는 더 올라간다.

가장 저렴하게 중고차를 마련하려면 되도록 일시불로 사는 것이다. 더 좋은 것은 아예 차가 없는 것이지만 (세금과 보험료, 유지비 등을 모두 계산해서 자기가 감당할 수 있는지를 꼼꼼하게 살피자) 꼭 필요하다면 마련해야 한다. 이때는 원하는 중고차 가격까지 현금을 마련해 사는 것을 추천한다. (취등록세까지 포함한 금액을 준비하자.) 아낀다고 중고차를 사는데, 최장기간 할부로 산다면 의미가 없다.

또 매달 휴대폰 요금과 함께 빠져나가는 할부 비용도 무시하지 못한다. 5~6% 정도의 이자를 내야 하는데 이것도 할부 개월이 많을수록 높은 이자를 측정한다. 흔히 휴대폰을 사러 가면 어느 정도 요금제를 쓰면 얼마 할인, 이렇게 말하며 각종 결합 상품을 권하고 굉장히 싸게 파는 것처럼 이야기한다. 하지만 그 내용은 이해하기가 쉽지 않다.

휴대폰은 할부 없이 일시불로 사고 가장 저렴한 요금제를 선택(대한민국은 와이파이 인심이 아주 좋으니 비싼 요금제가 굳이 필요 없다고 생각한다)하는 것이 제일 저렴한 코스다.

학자금 대출 이자, 국민연금, 의료보험 등은
나라 지원금을 체크하자

만약 학자금 대출을 갚고 있다면 이자 지원 사업을 체크하자. 지자체마다 학자금 대출의 이자를 전액 또는 일부 지원해주고 있으며 한국장학재단 홈페이지에 들어가면 자세한 안내를 받을 수 있다. 지자체마다 지원 자격과 금액이 다르긴 하지만, 적극적으로 알아보아 매달 나가는 금액을 줄이자.

또 갑작스런 퇴사나 정리해고로 국민연금이나 의료보험을 지역가입자로 부담해야 한다면, 지원금을 받는 것도 방법이다. 국민연금의 경우 실업급여를 받는 이들에게 국민연금 보험료 75%를 정부가 지원하고 있으며 1인당 생애 12개월까지 지원받을 수 있다. 신청은 국민연금공단이나 고용보험센터 등을 통해 하면 된다. 또 의료보험은 1년 이상 직장의료보험을 가졌던 사람이 지역의료보험자가 됐을 때 보험료를 갑자기 많이 내야 한다면, 직장보험 수준으로 낮춰주는 '임의계속가입'이 있다. 건강보험공단에 문의하면 신청할 수 있으며, 만약 지역의료보험이 직장 때보다 저렴하다면 하지 않는 것이 더 좋다.

프리랜서는 매년 12월이 되면 긴장한다. 매해 11월에 국민건강보험공단에서 전년도 소득을 기준으로 건강보험료를 새롭게 산정해 12월에 통보하기 때문이다. 이때 어마어마하게 오른 보험료 고지서가 오기도 하는데 어느 달에 일이 많아 수입이 많았던 것을 매달 수입처럼 잡아버려서 갑자기 껑충 뛴 고지서를 보게 되는 일이 종종 있다. 차나 집이 생겨 재산이 늘었다면 이것 역시 반영된다. 늘어난 재산은 어쩔 수 없지만, 계약당 수입 건은 조절할 수 있다. 일했던 업체에 해촉증명서를 요청해 팩스로 제출하면 공단에서 보험료를 다시 조정해준다. 이때 과납한 보험료도 되돌려주니 꼭 잊지 말고 제출하자.

공과금은 문자 청구서와 자동이체로

어차피 내야 하는 돈, 안 내면 이자가 붙는 공과금은 자동이체를 걸어두고 정기적으로 금액을 확인하며 계절별 또는 분기별로 얼마가 나가고 있는지 파악해야 한다. 그래야 최저생계비를 가늠할 수 있다. 청구서 종류도 지로 대신 문자나 앱으로 바꾸면 약간의 할인을 받을 수 있으며, 지난 공과금을 확인하기에도 좋다.

겨울에는 난방비가 많이 나가는데, 12월과 1월 같은 한겨울이면 비용이 10만 원 정도 훌쩍 올라 부담되기도 한다. 그러니 가을 즈음이면 겨울을 대비해 창문과 방한용품을 점검하자. 또한 여름에는 에어컨 때문에 전기요금이 훌쩍 오른다. 전기요금의 경우는 누진세가 있어 조심해야 한다. 요즘은 에어컨 종류에 따라 전기요금이 적게 부과되는 제품도 있긴 하지만, 노후주택이거나 옵션으로 제공되는 구식 에어컨일 경우는 전기세 폭탄을 맞을 수 있으니 한여름에는 에어컨을 적절한 수준으로 사용해야 한다.

정기결제는 신중하게

인터넷 세상이 되다 보니 굉장히 많은 정기결제가 생겼다. 영화나 드라마 무제한 보기, 시장보기, 음악 듣기, 책 읽기, 유튜브, 클라우드 서비스, 세탁물 수거에서 배달, 정수기, 비데 등 매달 얼마의 돈을 내면 알아서 물건을 갖다 주거나 재미있는 프로그램을 실컷 보게 해주거나 집안일을 때맞춰 해준다.

처음 이 서비스가 생겼을 때는 음악 듣기처럼 몇 개의

제한된 품목밖에 없었는데 몇 년 사이에 여러 업종에서 서비스를 시작했다. 그것은 바로 이 정기결제가 돈이 된다는 의미다.

나는 정기결제를 반대하는 편은 아니다. 필요하고 잘 쓴다면 효율적인 것이 정기결제일 수도 있지 않은가. 지상파 TV 대신 넷플릭스나 왓챠를 본다면 그건 그냥 선택이고 취향이다. 음악을 좋아해서 멜론을 정기결제한다면 한 달에 만 원 조금 넘는 돈으로 좋아하는 음악을 실컷 들을 수 있으니 저렴한 취미생활이다.

그런데 이 정기결제의 함정은 바로 '까먹음'과 '중복'이다. 비슷한 서비스를 여러 개 신청하고 잘 이용하지 않는다면, 해지하는 걸 깜빡하고 그냥 지나가 버린다면 매달 고정비만 늘어나게 된다. 대부분의 정기결제가 2천 원에서 2만 원 사이의 돈이지만 개수가 많으면 한 달에 5~10만 원은 충분히 채운다.

그러니 정기결제를 이용한다면 꼭 휴대폰 알람에 결제일을 맞춰놓고 계속 구독할지 판단하자. 한 달이 다 되어가는데 잘 안 쓴다면, 앞으로도 안 쓰게 될 서비스이다.

절약 시즌의
대인관계

모임통장이나 경조사 통장 만들기

앞으로 1년 안에 얼마를 모으겠다, 앞으로 3년 내에 얼마의 대출금을 갚겠다, 앞으로 5년 내에 얼마의 종잣 돈을 마련하겠다. 이런 목표를 세우고 난 후에는 허리띠 를 꽉 졸라매는 기간을 맞이해야 한다. 용수철이 멀리 나 가기 전에 꾹 눌러 납작하게 만드는 과정이 필요한 것처 럼 이런 절약 기간 없이는 웬만해선 목표를 달성하기 어 렵다.

이런 시기에 곤란한 것이 바로 대인관계다. 아무리 절 약이 중요하다지만 사람을 안 만날 수는 없으며 주위 경조사를 완전히 무시하며 살아갈 수도 없다. 그런데 기준 없이 사람을 만나다 보면 한 달 용돈을 훌쩍 넘기기 마련이다. 친구와의 만남은 쉽게 2차, 3차까지 이어지면서 외식비를 쓰고 자질구레한 쇼핑비가 추가되기도 한다. 또 예상에 없던 경조사 비용이 추가되기도 한다. 그래서 대인관계를 위한 통장을 따로 만들어두는 것이 좋다.

요즘 많은 은행에서 '모임통장' 서비스를 실시하고 있다. 매달 정해진 금액을 하나의 통장에 적립하면서 모두가 그 사용처를 열람할 수 있도록 만든 서비스이다. 만났을 때 그 돈으로 경비를 쓰면 되는데 정기적으로 만나는 친구들이 있다면 형편에 맞는 금액을 정해서 즐거운 시간을 부담 없이 보낼 수 있다.

만약 이런 모임통장이 내 사정과 맞지 않다면 따로 경조사용 통장을 만들자. 한 달에 3만 원이나 5만 원 정도의 돈을 정해 통장에 넣어두고 예비비로 사용하는 것이다. 지인의 결혼식이나 명절, 갑작스런 부고에도 활용할수 있어 좋고, 계획된 지출이 가능해서 좋다.

절약 중이라고 솔직하게 말하기

생활비 절약이 한창일 때 정말 오랜만에 친구를 만나야 할 일이 생겼다. 더 미루기도 미안하고 친구도 정말 보고 싶었다. 나와 친구는 너무도 들뜬 마음으로 삼청동의 한 갤러리에 가기로 했다. 그런데 그 동네는 왜 그렇게 버스도 복잡하고 더디 오는지! 지하철역에서 친구를 만나 배차 간격이 긴 마을버스를 포기하고 한참을 걸어 올라갔다. 결국 더운 여름의 힘을 이기지 못하고 택시를 탔다. 그리고 위안했다. 두 명의 버스비를 합한 가격에 조금만 더 내면 택시비니까. 도착한 갤러리에서 마음껏 그림을 보고 나오면서 우리 둘 다 동시에 터져 나오는 말. "뭐 좀 먹을까?" 주위를 둘러보니 죄다 이탈리안 레스토랑뿐이었다.

가느다란 구두에 나름 갤러리에 간다고 치마까지 입은 상태였다. 다시 지하철역까지 내려가기엔 아직도 태양이 이글거리며 노려보고 있어 힘이 들었다. 한숨 돌릴 겸 가장 가까운 식당에 들어가기로 합의했다. 그다음은 말하지 않아도 알 것이다. 일주일 식비에 버금가는 비싼 영수증을 받아들고 얼마나 후회했는지 모른다.

매순간 마음을 다잡지 않으면, 이러한 상황은 자주 벌어질 수 있다. 그래서 내가 선택한 것은 '미리' 솔직하게 말하기였다. 또 사람을 만날 때 미리 동선을 체크해서 과한 소비를 안 하는 것이었다.

"나 요즘 돈 아껴야 해. 간단하게 먹자."
"오늘은 커피만 마시는 게 어때?"
"우리 집으로 와. 떡볶이 해줄게."

내 상황을 아는 친구들은 고맙게도 선뜻 동참해 주었다.

민폐는 금물, 남의 돈도 아끼기

그런데 자칫, 이런 절약시즌에 범하기 쉬운 실수가 있다. 한 단어로 민폐. 내 돈 아낀다고 친구나 지인에게 '내가 살게'라는 말을 유도하거나, '네가 쏴라'라는 말은 하지 말아야 한다. 식사 시간이 훌쩍 지나가는데도 아무 말 없이 굶기로 버티면서 상대가 사주겠다고 할 때까지 기다리는 것도 하지 말자. 내가 나의 선택과 계획에 따라 생활을 꾸리는 것이지, 타인에게 부담을 전가해서는 안 되기 때문이다. 그런 일을 반복하다 보면 내가 부담스러운 친구가 되고 만나기 싫은 사람으로 인식되고 만다. 돈 몇푼 때문에 사람을 잃을 수는 없지 않은가.

또 내 돈이 소중한 만큼 남의 돈도 소중함을 알아야 한다. 누군가 밥을 사주겠다고 나섰다면, 이때다 싶어 비싼 음식을 턱 고르지 말고 형편에 맞는 음식을 소소하게 나누어야 한다. 또 그렇게 진 신세는 꼭 보답해야 하며 상대가 아무리 어른이라도 매번 얻어먹지는 않아야 한다.

누구나 도움을 받고 도움을 주고 산다. 그렇다면 그 도움을 필요할 때 받고 필요할 때 줘야 하지 않을까? 어찌보면 별거 아닌 밥값으로 부담주는 존재가 되어 미운털이 박힌다면 정작 필요할 때 도움을 청할 수도, 남에게 도움을 줄 수도 없는 사람이 되고 만다.

어쩔 수 없는 사교비, 커피!

사회생활을 하면서 가장 아까운 소비가 있다면 단연 커피다. 혼자일 때의 커피 한잔은 그래, 참을 수 있다고 치자. 하지만 사람을 만나야만 할 때의 커피값은 현실적으로 무시할 수 없다. 어디든 만나서 앉아야 하는데 자릿

세처럼 지불하는 커피값을 도대체 어떻게 아껴야 할까?

내가 생각하기에 미팅과 관련한 커피값은 아낄 필요가 없다. 일을 하려면 사람을 만나야 하고, 모든 사람을 다 내 집, 내 사무실에서 만날 수는 없기 때문이다. 그래서 어쩔 수 없는 사교 비용으로 분류되는 커피값은 현대인에게 절약할 수 없는 카테고리 중 하나이며 그럴 필요도 없는 항목이다.

하지만 습관처럼 테이크아웃 커피를 마신다면⋯⋯ 그건 조절하자.

절약을 재테크로
승화시키기

절약한 간식값으로 주식을 사 모은 팀장님

사회 초년생일 때 회사에서 만난 팀장님은 언제나 수수한 옷차림에 (좀 더 정확히 말하자면 변하지 않는 옷차림) 점심은 늘 구내식당에서 해결하고. 차계부를 쓰셨다. 카드 포인트로 항상 할인을 챙기고 무엇보다도 놀라운 점은 간식이나 음료수 등을 전혀 드시지 않았다는 것이다. 대부분 직장인은 자주 테이크아웃 커피를 들고 출근하고, 점심 식사 후에도 커피를 마신다. 담배 피우러 갈 때도 자판기에서 아무렇지 않게 음료를 뽑아 먹고 퇴근 전 간식으로 호떡이나 붕어빵 같은 주전부리를 즐기기 십상인데, 그 팀장님은 늘 "난 안 먹어"로 일관하셨다.

　그때는 절약하는 거라 생각지 못하고 그저 먹는 걸 안 좋아하신다고 여겼다. 나중에서야 알았다. 팀장님의 이런 무섭취(?) 습관이 절약해야겠다는 마음에서 시작되었다는 사실을. 이는 간식을 끊는 큰 계기가 되었고, 덩달아 군살 관리도 되었으며 이제는 아예 생활습관으로 자리 잡아 커피값과 간식비로 쓸 돈을 주식을 사는 데 사용한다고 하셨다.

무섭취 습관의 선물

　팀장님도 처음에는 간식과 커피를 참는 게 힘드셨다고 한다. 커피숍에서 따끈하게 담겨 나오는 진한 커피를 워낙 좋아했고, 사무실 분위기에 휩쓸려 음료수나 간식을 함께하기도 했었다고. 또 퇴근 후에도 술 한잔을 자주 즐겼다고 했다. 하지만 결혼과 출산 후, 가족과 함께하는 미래를 준비하다 보니 생각 없이 쓰던 비용이 다시 보인 것이다. 음료수비와 간식값, 주유할인을 챙기지 않다 보니 맥주 한잔으로 시작한 각종 비용이 매달 30만 원을 훌쩍 넘었다고 한다. 그래서 이 30만 원을 아끼고자 '무섭취 습관'을 갖기 시작했는데, 생각지 못하게 건강적인 면에서 한결 나아졌다고 한다.

배도 많이 들어가고 속도 편해졌다는 것. 게다가 한 달에 30만 원씩 증권계좌에 넣으면서 큰 기대 없이 시작한 주식에 소소하게 재미를 느낀다고 하셨다. 주가 상승이나 하락에 상관없이 저축으로서 주식을 보는 즐거운 취미가 생겼다는 말씀에 절약을 재테크로 승화시키는 팀장님이 존경스럽기까지 했다.

보통 절약이라고 하면 스스로 비참함을 느끼거나, 하루하루를 견딘다고 생각하기 일쑤다. 하지만 절약으로 모은 적은 돈을 재테크로 승화하기. 얼마나 멋진 일인가! 때로는 이런 돈을 재테크가 아닌 일에 사용할 수도 있다. 좋은 일을 하는 단체에 기부를 할 수도 있고 가족 여행을 준비할 수도 있으며 먼 훗날 자녀를 위한 학자금으로 차곡차곡 모아둘 수도 있다. '내가 언제까지 거지처럼 살아야 하나.' 이렇게 생각하지 말고 그동안 흔적 없이 사라졌던 돈을 살뜰히 챙기는 즐거움을 누리자. 한푼이라도 가치 있게 쓰이도록 말이다.

식비는 상황에 맞게
기준 정하기

식비는 개인마다 차이가 천차만별이다. 어떤 이는 먹는 게 인생 최고 행복이고 어떤 이는 배만 부르면 됐지 먹는 게 뭐가 그리 중요하냐고 하기도 한다. 또 어떤 사람은 하루 세끼를 만들어 먹을 수 있고, 어떤 사람은 하루 한끼도 집에서 먹기 어렵다. 그래서 식비는 각자의 상황에 맞게, 유동적으로 움직여야 하지 않을까. 그리고 이왕이면 건강한 음식으로 택해야 하지 않을까 싶다. 식비를 줄인다고 라면이나 값싼 빵, 편의점 음식을 자주 먹는다면 훗날 병원비가 더 나올 수도 있다. 또 삶의 질 면에서, 행복 면에서 절대 좋지 않다.

집밥은 자주 만들어 먹을 수 있을 때 절약 면에서 가치

가 있다. 일주일에 서너 번밖에 요리할 시간이 없다면 식
재료는 상하기 마련이고 그대로 버려야 한다. 또 간장과
고추장을 비롯한 양념과 마늘, 고추 같은 부재료도 구비
해야 하는데 이것 역시 만만치 않게 비용이 들며 끝까지
잘 써야 돈 들여 마련한 보람이 있다.

각자의 상황에 맞게 집밥, 혹은 외식으로 하되 한 달
단위의 예산은 정해놓자. 예산이 없으면 먹는 게 중요한
한국인인 만큼 비싼 식재료, 배달 음식으로 금방 생활비
의 대부분을 먹는 데 쓰게 되니까 말이다.

요리할 상황이 안 된다면,
메뉴와 가격의 기준을 정하자

집밥을 먹을 수 없다면 선택지는 사 먹는 것이다. 아
침은 간단하게 시리얼이나 선식을 먹는다 치면 점심이나
저녁은 제대로 먹어야 한다. 둘 중에 더 중요한 건 점심이
라 생각한다. 만약 점심조차 김밥 한 줄 또는 토스트 한
개로 때운다면 저녁의 후폭풍(돌발적 배달 음식)이 몰려올
수도 있기 때문이다.

점심을 구내식당이나 도시락으로 소박하게 해결하기

어렵다면, 월·수·금은 든든한 밥, 화목은 국수 종류 정도로 메뉴를 정하고 가격 또한 기준을 정해보는 것이 좋다. 함께 먹어야 하는 일행이 있다면 내가 먹고 싶은 (먹어야 하는) 메뉴를 당당히 말해보자. 그중 한두 명은 동참할지 모르고, 혹여 그렇지 않다면 씩씩하게 혼밥을 해도 괜찮다. 또 매일 저렴한 음식을 먹어 가슴이 피폐해졌다면 한 달에 한 번 정도는 금액을 살짝 웃도는 메뉴로 먹는 재미를 즐겨보자.

이렇게 자주 외식을 한다면 탄수화물은 넘치고, 단백질이나 비타민은 부족한 상태가 되기 쉽다. 그러니 일부러라도 가끔 삶은 계란, 샐러드 등을 먹어주자. 배달 샐러드도 좋고 마트에서 천 원짜리 상추를 사서 잘 씻은 다음 간장을 뿌려 먹어도 좋다. 그것도 어렵다면 방울 토마토를 한 팩 사서 하루에 몇 알은 먹도록 하자. 건강은 챙기자.

집밥이 가능하다면
저렴한 재료를 끝까지 먹기

집밥을 만들어 먹을 수 있다면 식비는 많은 부분 절약

할 수 있다. 그런데 앞에서 말했듯 집밥은 자주 만들어 먹을 때 가치가 있다. 버려지는 식재료를 최소화하고 버섯 한 팩을 샀다면, 버섯을 다 소비할 때까지 버섯을 사용한 요리를 해야 한다.

식비에서 가장 유동성이 큰 부분은 채소 값이다. 깡통 햄이나 공산품들은 할인 시기가 자주 있고, 넉넉한 유통 기한 덕에 묶음 상품을 이용해서 쟁여둘 수 있다. 하지만 채소, 계란, 과일 등은 가격 차이가 심해서 깜짝 놀랄 때가 있다. 이럴 때는 비교적 저렴한 채소 한두 가지로 줄여 구매하거나, 어느 정도 가격이 안정될 때까지 기다리는 수밖에 없다. 예를 들어 시금치 한 단이 1,500원이었는데 갑자기 4,500원이 되면 시금치 대신 비교적 덜 오른 부추를 사는 것이다.

식구 수가 적거나 1인 가정이라면 아무리 적게 시장을 본다 해도 남는 식재료가 생긴다. 이때 필요한 것이 보관법이다. 요즘에는 쉽게 채소가 무르지 않도록 하는 채소 보관용 비닐이나 보관법 등이 많이 나와 있다. 이런 보관법을 적극 활용해서 쓰레기도 줄이고 버려지는 돈도 줄이자.

간식과 야식 배달은 끊어버리기

나는 앞의 팀장님처럼 무섭취 습관을 갖고자 한다. 실은 작년부터 비건(동물성 식품을 먹지 않는 채식주의자)주의를 지향하면서 육류를 먹지 않는다. 그러니 치킨을 비롯한 배달 음식도 자연스럽게 끊게 되었는데 팀장님처럼 놀라운 몸의 변화를 느끼고 있다!

주로 아침에는 커피로 시작해 낮 시간대에는 가정식을 먹고 되도록 일에 집중하려고 노력한다. 그러다 저녁즈음이 되면 작업이 일단락되었다는 느낌 때문일까, 하루를 마무리한다는 느낌 때문일까 이상하게도 거하게 먹고 싶다는 생각이 강렬해진다. 예전 같았으면 바삭한 치킨이나 맵고 기름진 곱창을 배달시켜 먹었겠지만, 요즘은 과감하게 이런 식습관을 버렸다. 삶은 두부와 김, 김치, 밥, 자차이, 미역 줄기, 나물 비빔밥, 쪽파 빈대떡, 버섯구이 같은 걸 즐겨 먹는다. 이런 식습관으로 바꾸고 나니…… 살이 빠졌다. (더 기분 좋은 건 예전에 입지 못하고 옷장에 던져 두었던 원피스를 이제 착용 가능하다는 것!)

야식과 배달 음식 끊기.

가계경제는 물론이고 몸 관리에도 크게 기여하는 식습관이 아닐까? 배달 음식을 가정식으로만 바꾸어도 한 달 동안 절약되는 식비가 눈에 띄게 달라질 것이다.

비건이기에 그나마 쉽게 배달 음식을 끊었다고 하지만, 일반식을 즐기는 분들도 약간의 결심만 한다면 배달 음식 정도는 쉽게 끊을 수 있다. 그러려면 다른 식사를 제때 먹는 것이 우선이다.

한식은 준비가 번거롭고 복잡하게 느껴지기 쉽다. 밥과 국, 반찬으로 구성한다면 당연히 손이 많이 간다. 그래서 내가 자주 하는 것이 한 그릇 요리다. 덮밥이나 볶음밥, 볶음요리 하나와 밥 한 공기, 또는 제일 좋아하는 반찬 두 개와 밥 정도로 식사를 마친다. 물론 일주일에 한 번 정도는 일탈하지만 적어도 평일에는 담백한 식사로 몸을 채우려 한다. 제때 영양 있는 식사를 하는 것, 그것은 건강에도 가계에도 큰 도움이 된다.

가정식으로 식습관을 바꾼다면 부수적으로 따라오는 것이 '부지런함'이다. 요리를 준비하는 것부터 설거지까지. 게다가 만일 요리 솜씨가 부족해서 레시피까지 검색해야 한다면 밥 한끼를 먹는 과정이 너무 일이 많고 복잡하게 느껴진다. 하지만 우리는 이 '부지런함'까지 필요하다. 건강과 절약, 두둑해지는 통장을 위해 가장 필요한 것이 바로 '부지런함'이기 때문이다. 그러니 식사 준비를 트레이닝이라 생각하자.

5장

주유 중

생활습관과 체력은 돈을 끌어오는 자석이야

규칙적인 생활이
멘탈을 지키지

대충 살던 때
나는 가장 우울했다

성공한 사람들이나 부자들의 이야기를 보면 공통점이 있다.

바로 일찍 일어나기, 규칙적으로 생활하기, 열심히 일하기, 시간 아끼기, 건강 챙기기, 돈을 가치 있게 쓰고 잘 모으기! 다 아는 말이지만 그들의 기사나 책을 보면 매번 나온다. 그만큼 기본 중의 기본이란 이야기이다. 그리고 지키기도 어렵다는 말이고. 나도 지금은 규칙적인 패턴으로 살고 있지만 대충 살던 시절도 있었다.

그리고 그때 나는 우울했다.

밤을 새워 그림 그리길 며칠째 하다 보니 밤낮이 바뀌었다. 그러다 습관으로 굳어졌고 늦게 자고 늦게 일어나는 나날이 이어졌다. 한번 몸에 익으니 낮은 당연히 자는 시간이었다. 거래처에서 낮에 전화가 오면 성실하게 응답하기는커녕 비몽사몽하며 대충 답했다. 끊고 나면 뭐라고 말했는지 기억도 나지 않았다. 은행은 4시, 관공서는 6시까지 문을 여는데 너무 늦게 일어난 탓에 시간을 맞추려고 급하게 외출하기도 했다. 공공기관에 문의사항이 있을 때도 통화 가능한 시간을 지키지 못했다.

이렇게 살다 보니 나 자신이 한심하게 느껴졌다. 사회에서 소외된 느낌이 들었고 햇빛 쨍쨍한 시간에 잠만 자는 내 젊음이 아까웠다. 하지만 한번 찾아온 우울한 마음은 쉽게 떠나지 않았다. 그것은 내가 떨쳐내야 사라지는 것이었다. 쉽게 잠들지 못했고 올빼미 생활이 익숙해지는 악순환이 이어졌다.

한참 그렇게 생활하다가 나 자신이 부끄러워질 때쯤, 더는 이렇게 살지 말자는 결심이 마음에서 올라왔다.

억지로 찾은 아침이
가져다준 뜻밖의 선물

뚜렷한 목적이 없더라도 아침 9시에는 책상 앞에 앉았다. 물론 초반에는 적응이 어려워 비몽사몽인 채로 있었다. 하지만 작은 것부터 시작하자는 마음이 컸다. 중간에 눈이 아찔하고 어깨가 뭉치면 잠시 눕고 싶다는 유혹에 흔들리긴 했지만 버텼다. 일단 워크 타임은 클라이언트와 공유하는 시간이니까 성실히 지키려고 애썼고, 시간이 지나며 적응이 되었다. 지금도 어김없이 7시 반이면 (그 전날 술을 먹든 안 먹든) 눈이 번쩍 뜨인다.

낮에 일하다 보니 내 그림에도 변화가 느껴졌다. 예전보다 밝아지고 활기차 보인다는 등의 평가를 받았다. 처음에는 내심 인정하고 싶지 않았지만, 실제로 발주가 들어오는 빈도와 픽업하는 그림을 보면 규칙적인 생활이 내게 큰 도움이 된 게 사실이다.

시간을 조절하면서 생긴
여유와 긍정

아침에 일찍 일어나 하루를 시작하니 시간은 내 편이 되었다. 요리를 해서 밥을 먹을 수도 있고, 저녁 시간에 학원에 다닐 수도 있었다. 또 후다닥 일을 해 놓고 친구를 만나 기분전환을 할 수도 있다. 산책하면서 봄 햇살과 여름의 싱그러움, 가을 단풍과 겨울의 알싸함도 느낄 수 있었다. 여유가 생긴 것이다.

이런 여유에서 긍정적인 마음도 따라왔다. 할 수 있다는 마음, 감사하다는 마음, 내가 생산적인 인간이라는 마음 말이다. 온종일 드러누워 나 자신을 한심하게 여길 때와는 다른 마음이었다. 그리고 그런 마음은 내게 다른 것에 도전할 용기를 차곡차곡 가져왔다.

부자와 리더들이 하는 말은 너무도 뻔하지만 너무나 당연한 이야기였다. 만약 지금 자기 자신을 미워하면서 힘든 나날을 보내고 있다면, 일찍 자고 일찍 일어나는 그것부터 해보길 권한다. 그리고 조금 익숙해진다면 그저 계란후라이 하나만 두고 먹더라도, 새로 밥을 지어 맛있게 먹고 깨끗하게 침구도 정리한 다음 자신에게 칭찬을

해주길 바란다. 나를 대접하려 애썼다고 고맙다고 말해
주자. 그런 일상의 회복에서 구겨졌던 마음이 펴지고 멘
탈도 단단해지니까 말이다.

체력, 그것 없으면
아무것도 안 된다

내가 돈을 버는 이유는 좀 더 편안하게 하고 싶은 일을 하기 위해서이다. 또 그게 행복이라고 생각한다. 여기서 가장 중요한 게 체력이다. 하고 싶은 일을 마음껏 하려면 몸이 따라줘야 하기 때문이다. 기껏 돈을 벌었는데 제대로 누리지도 못한다면 너무 억울한 일 같다. 그렇다. 재테크의 시작과 끝에는 체력이 있다.

앉아만 있는 직업이든, 온종일 서 있는 직업이든, 여기저기 돌아다니는 직업이든 피로는 어쨌든 오게 되어있다. 앉아만 있으면 허리가 아프고, 서 있으면 다리부종이 문제고, 여기저기 다닌다는 건…… 생각만 해도 온몸이 힘들다. 어차피 어떠한 자세로 '일'이라는 것을 해야 한다면

몸은 관리 대상이다. 아, 그리고 일을 하지 않아도 몸은 관리 대상이다. 지속적으로 놀기 위해서라도 짱짱한 체력은 반드시 필요하다.

체력 관리는 평생 해야 하는 숙제

가끔 지인들에게 잘난 척하며 '배움과 운동은 평생 해야 한다'는 말을 즐겨한다.

자기계발이 기술의 능력치를 키우는 것이라면, 운동은 정신과 신체의 능력치를 키우는 것이리라. 매일 운동하기 어렵다면 일주일에 3일 정도라도 운동을 시작해보길 권한다. 이것은 돈 절약과 무관하게 진정으로 해야 하는 일이다. 나 같은 경우는 요가와 필라테스부터 시작했는데, 하다 보니 가장 잘 맞는 운동이 수영이라는 것을 알게 되었다.

수영은 어느 정도의 비용을 감수해야 하지만, 공립 체육센터에서 운영하는 수영장 회비는 사설 수영장에 비해 많이 저렴한 편이다. 보통 공립 수영장은 주택가에 없기에 셔틀버스나 자동차를 이용해서 다녀야 하지만 수영장에서 아침 샤워까지 마치고 바로 일을 시작하면 씻는 시간이 절약된다는 의외의 성과가 있다. 뽀얀 얼굴로 출근한다는 개운한 기분과 함께 집으로 돌아오는 그 길은 왠지 모를 성취감도 준다.

규칙적인 운동은 정신적 건강에도 큰 도움이 된다. 일하면서 생긴 긴장을 몸을 움직이면서 떨칠 수 있고 조금씩 운동에 익숙해지면서 얻는 성취감도 굉장히 달콤하다. 수영 같은 경우는 처음에는 물에 머리를 넣는 것도 무서워하다가 차츰차츰 혼자 자유영, 배영 등을 할 수 있게 되는데 이 과정에서 기쁨이 굉장히 크다. 또 내 몸이 어디가 부실한지도 잘 알게 된다. 헬스를 한다면 처음에는 적은 중량으로 시작했다가 점점 중량을 늘려가면서 운동하는 기쁨을 얻게 될 것이다.

공짜 운동의 최고봉은 산책!

돈을 전혀 들이지 않는 운동은 단연 산책이다. 높은 천장을 가지면 그만큼 창의력이 높아진다고 했다. 하늘을 천장으로 삼고 걸음걸음마다 바람을 느끼며 산책을 즐기다 보면 생각이 정리되고, 건강에도 큰 도움이 되는 것 같다. 나는 강아지가 있기에 매일같이 산책을 두 번씩 했는데 때로는 강아지 없이도 혼자 동네를 한 바퀴 돌곤 했다. 동네 집들도 겸사겸사 구경하고 담벼락이나 펜스 모양이 바뀌는 모습과 그 이유에 대해 호기심을 품어보기도 하고, 산책길에 영감을 받은 아이디어를 그림 작업에 활용하기도 했다. 직장 다닐 때는 출퇴근하는 시간을 산책이라고 우기기도 했었는데, 목적 있는 걸음은 순수한 산책이라고 보기 어렵지 않을까. 바쁜 걸음이 아니라 뒷짐 지고 천천히 걷는 산책을 해보자. 정수리에 햇살과 자연 바람을 맞으면 자연히 몸도 마음도 건강해진다.

하지만 산책에 너무 많은 시간을 할애하면 역효과가 날 수 있다. 오랜 산책은 노곤함과 피곤함을 가져오기도 하고, 충동구매를 조장하기도 하며 생각보다 많이 걸어서 시간을 뺏길 수도 있다. 그래서 산책은 시간을 정해두고 짧게 하거나, 기상 운동의 하나로 아예 일찍 해버리는 것을 추천한다. 아침 산책은 아침형 인간을 실현하는 데 가장 좋은 방법이기도 하고, 신선한 공기를 마시며 잠들었던 몸을 움직이면 기운찬 하루를 시작할 수 있어서 좋다.

건강 검진은 아끼지 말자

하루하루 바쁘게 움직이는 나날 속에 '문득' 끼어드는 일이 있다. 바로 가끔 욱신거렸던 치아 통증이 잦아졌다거나 미뤘던 건강 검진 마감일이 촉박해졌을 때다. 치아 같은 경우는 치료비 부담과 치료 과정이 무서워 미루고, 건강 검진은 귀찮아서 미루기 쉽다.

하지만 건강에 대한 부분은 과감히 시간과 비용을 내줘야 한다. 내 몸과 체력은 함께 가야 할 가장 중요한 자산이니 말이다. 몸 관리를 소홀히 하는 순간, 일이고 뭐고 없다. 특히 치아나 눈 같은 경우는 최우선으로 챙기고, 검진은 일부러 시간 내서 가보라고 말하고 싶다. 병은 키우는 것이 아니며 초기 진단의 중요성은 말할 필요도 없다. 뭐든 건강해야만 할 수 있는 것이다. 오랫동안 일하는 것도, 즐기는 것도 기본 체력이 좌지우지한다. 반대로 얘기하자면 힘들게 번 돈이 병원비나 질병 관리비로 쑥쑥 빠지는 경우 또한 방지해야 한다.

건강은 영원히 나를 배신하지 않을 것 같지만 어느 순간 와르르 무너지기도 한다. 그렇게 건강에 적신호가 오면 운신의 폭이 상당히 좁아진다.

건강이 없으면 절약도, 부를 늘리는 것도, 여유로운 삶도 결코 순조롭게 진행되지 않는다. 모든 활동의 베이스는 건강이니 음식과 운동에 모두 주의를 기울이고 검진도 시간내어 꼭 챙기자. 또 내게 맞는 재테크를 고르는 것처럼 내게 맞는 운동도 한 종목 정도는 찾길 바란다. 나와 잘 맞는 운동을 골라 꾸준히 하는 것, 그것은 건강을 돌보는 것과 함께 삶에서 누리는 커다란 기쁨 중에 하나이기 때문이다.

긍정적인 마음이
나를 움직이게 해

사람들은 가끔 내게 묻는다. 그렇게 악착같이 돈 모아 뭐할 거냐고.

내가 하고 싶은 일은 거창하지 않다. 사랑하는 것들을 옆에 두고 돌보며 사는 것, 가끔 도움이 필요한 곳에 정성을 보태는 것, 돈에 매이지 않고 조금 더 자유롭게 사는 것이다. 그런 목표가 있어서 지금도 행복하게 그림을 그릴 수 있고 재테크도 할 수 있다. 만약 돈만이 목표였다면 나는 더 많이 벌지 못해 실망하고 욕심을 부릴 것이다. 하지만 돈이 아닌 행복과 여유를 목표로 두었기에 가끔의 실수도 수업료라 생각하며 넘어갈 수 있고 작은 그림 발주도 감사하게 여기며 일할 수 있다.

돈을 불리는 데는 긍정적인 마음가짐도 큰 몫을 한다. 할 수 있다고 생각하고 괜찮다고 여기며 자신을 격려해야 돈과의 긴 동행을 이어갈 수 있기 때문이다. 또 그 목표점에 '돈'이 아닌 자신의 가치를 둔다면 힘든 장벽도 훌쩍 넘어갈 수 있다.

내가 사랑하는 나의 동물

대학 시절부터 함께했던 고양이 두 마리는 지금 내 곁에 없다. 14살과 16살의 고운 할모냥이 되어 고양이별로 돌아갔고, 이 둘은 내가 자립을 하는 데 큰 계기가 된 존재들이다. 동물 가족과 함께하고 싶은 마음이 커서 집을 샀고, 내 동물을 잘 건사하고 싶어 힘든 시절도 견뎠다.

이후 유기견 입양과 호스피스견 입양, 사설 보호소에서의 동물보호 활동에도 기웃거렸다. 직접 유기견 견사에 가서 청소를 하기도 하고 동물 달력에 그림을 그리기도 했으며 비건 식생활도 이어가고 있다. 이런 활동은 전혀 돈이 되지 않지만 (오히려 시간과 돈을 쓰며 절제도 필요하다) 정신적인 풍요와 보람을 느끼게 해주었다. 앞으로도 기부나 후원 또는 몸으로 하는 봉사까지 동물보호에 도움이 되는 생활을 하고 싶다. 이렇게 내 마음을 따뜻하게 어루만져주는 기분을 계속 느끼고 싶다. 지금은 후원 금액이 적지만, 나중에는 몇백만 원씩, 때로는 몇천만 원씩 동물보호 활동에 투척할 수 있게 된다면 얼마나 기쁠까? 그리고 다소 비싼 비건식(신선한 채소 구매를 해야 해서 일반식보다 비싸다)이 동물과 환경에 도움이 된다니 내게는 가치 있는 소비이다.

때로는 손해도 보지만
사람을 얻고 싶고 믿고 싶어

나의 그림은 시간이 지나며 방식의 변화를 겪었다. 처

음에는 학습지의 작은 그림에서 시작했지만 지금은 책 전체, 즉 표지부터 내지까지 그림을 그린다. 또 내 이름을 단 스케치과정북과 컬러링북을 내며 단독 저자로 활동하기도 했다.

책 한 권을 모두 그릴 경우 계약 방식에 유동성이 있는데 그림 개수에 따라 매절로 화료를 받거나, 인세 계약을 하거나 할 수 있다. (모든 출판사가 인세 계약을 하는 것은 아니다.) 나는 선택할 수 있다면 인세 계약을 주로 한다. 인세가 초반에는 큰돈이 되지 않지만, 책 한 권이 어쩐지 나의 아이처럼 느껴지기 때문이다. 그렇기에 더 풍성하고 예쁘게 그리고 싶어진다. 내가 정성껏 그린 그림을 독자가 기뻐하며 봐주었으면 하는 마음으로 그리게 되고 수정 작업도 능동적으로 하게 된다. 화료가 정해진 매절 계약에는 그 정도까지의 마음은 솔직히 가지 않는다.

그렇게 인세 계약으로 세상에 나온 책들이 모두 잘 팔리는 것은 아니다. 때론 기대에 전혀 못 미치는 성적을 내서 시간과 정성을 들인 것이 하나도 되돌아오지 않을 때도 있다. 하지만 그중에는 시간이 걸리더라도 중쇄를 찍는 책들이 있고 대량 납품을 하는 책들도 있다. 이 책들은 금전적으로도 꽤 보탬이 된다. 또 돈을 떠나 내가 그린

책이 중쇄를 찍는 기분이란…… 말로는 설명하기 어렵다. 역시 인세 계약을 하길 잘했다는 생각이 든다.

운이 나쁘면 중쇄를 찍는 것을 내게 안 알려주어 그나마의 인세를 못 받는 경우도 있고, 정직한 출판사가 공들여 만든 책이지만 빛조차 못 보고 사라지는 책도 있다. 하지만 그래도 나는 인세 계약을 선호한다. 같이 일하는 사람들을 얻고 싶고, 나의 자식과도 같은 책을 보고 싶고, 그 책을 만드는 이들을 믿고 싶기 때문이다. 가끔 이 사람들이 징검다리가 되어 내게 좋은 기회들을 가져다주고, 처음에는 판매되지 않았던 책이 우수도서로 지정되거나 독서교육 교재로 지정되면서 뜻밖의 성과로 돌아오기도 한다. 이럴 때는 나의 바보 같은 믿음이 틀리지 않았다는 뿌듯함이 든다.

이제 사십대 초반이지만 언젠간 그림을 못 그릴 수도 있다 생각한다. 예전에는 할머니가 되어도 그림 그리는 것을 꿈꿨는데 욱신거리는 손목과 굳은 어깨는 나를 지치게 할 것이고, 내 사고나 아이디어도 늙어갈 것이다.

그래도 괜찮다. 할 수 있을 때까지 할 수 있는 선에서 정성껏 그림을 그릴 것이다. 나를 찾아준 이들에게 감사함을 잊지 않을 것이다. 나를 믿고 일을 준 클라이언트가 돈을 지불할 때 아깝지 않도록 최선을 다할 것이다. 그렇게 믿음을 주고 사람을 믿어보고 싶다. 그게 사람 사는 일의 전부가 아닐까 생각한다.

가고자 하는 방향으로
드문드문 깃발을 꽂아 보자

2021년 정부 정책 상황을 보면 앞으로 주택임대사업자의 신규 등록이 불가능할지도 모른다. 혜택과 의무사항의 변동도 클 것 같다. 이것은 주택임대사업자를 사실상 차츰 없애겠다는 이야기이다. 경제 관련 정책은 하루가 다르게 바뀌어서 어떤 것은 2주 단위로 바뀌기도 한다. 그래서 필요한 것이 지구력과 방향성이다.

내가 가고자 하는 도착지가 명확하다면 가는 길에 노선이 조금 바뀌어도 큰 문제는 없다. 나는 꾸준히 5년 단위로 계획을 만들어 덜 돌아서 가고, 덜 헤매며 갈 수 있게 숨 고르며 천천히 나갈 것이다. 내 삶의 든든한 무기 공인중개사를 활용해서 더 안전한 길을 찾아 합법적인 방법으로 재테크를 이어갈 것이다. 물론 그 길에는 업데

이트라는 공부가 반드시 필요하겠지만 말이다.

　내 인생에 가장 큰 주축이 되는 것은 그림이다. 그림을 그릴 수 있어 독립할 수 있었고 독립을 통해 집 없는 서러움과 돈에 대한 가치관 그리고 필요성을 제대로 이해했으니 말이다. 그림으로 종잣돈 마련까지 했으니, 아주 풍족하지는 않지만 좋아하는 직업으로 생활했다는 점에 진심으로 감사하다.

　최근 나의 꿈은 55세에 직업에서 해방되는 것이다. 그러니까 먹고살기 위해서, 생계 때문에 해야 하는 일은 55세까지만 하는 것이 최종 목표다. 그림은 평생 그릴 것이지만 먹고살기 위해서 쫓기는 것은 55세에 마치고 싶다. 그럼 그 이후는 어떻게 사냐고?

　그때까지 많이 만들어놔야지. 책 작업도 열심히 하고, 그림도 마음으로 승부하는 그림을 그려야지. 부동산 재테크도 안정적인 임대수익과 매도 후 양도차익까지 고려해서 85세까지 쓸 실질적 생활자금이 되도록 만들어 놓아야지.

　물론 쉬운 일은 아니다. 그저 목표다.

그리고 목표가 있어서 좋다. 내가 가고자 하는 삶의 방향으로 드문드문 깃발을 꽂아볼 수 있어서 안심이 된다. 앞으로 하고 싶은 것, 되고 싶은 것을 나열해보고 언제쯤 실행할 수 있을지 가늠해볼 수 있어서 좋다.

그리고 그 작은 깃발들이 현재를 충실히 살게 해준다. 큰 성취가 아닌 작은 성취, 큰 도약이 아닌 작은 한걸음이 바로 요 앞에 있기에 현재를 살도록 도와준다. 나는 그런 방식이 참 좋다.

돈 불리기 1일차입니다

초판 1쇄 발행	2021년 8월 20일
지은이	정유진
펴낸곳	(주)행성비
펴낸이	임태주
책임편집	이윤희
디자인	이유진
교정지원	김성은
출판등록번호	제2010-000208호
주소	경기도 파주시 문발로 119 모퉁이돌 303호
대표전화	031-8071-5913
팩스	0505-115-5917
이메일	hangseongb@naver.com
홈페이지	www.planetb.co.kr

ISBN 979-11-6471-150-5 (03810)

행성B의 〈냥이문고〉는 다양한 분야의 '1일차입니다' 원고를 기다리고 있습니다. hangseongb@gmail.com으로 보내 주시면 소중하게 검토하겠습니다.